C'EST RIEN ÇA VA PASSER

DU MÊME AUTEUR

Jouer de l'harmonica, Mercure de France, 1968.
La vie à l'endroit, Mercure de France, 1969.
Dis, blanche colombe, Belfond, 1974.
Enseigne pour une école de monstres, Gallimard, 1977.
Dieu regarde et se tait, Gallimard, 1979.
Quelquefois dans les cérémonies, Gallimard, 1981 – prix Goncourt de la nouvelle, 1981.
Si on les tuait ?, Luneau-Ascot, 1984 ; Julliard, 1994.
Il n'y a pas de musique des sphères, Luneau-Ascot, 1985.
La terre est à nous, Ramsay, 1987 – prix de la Nouvelle de la ville du Mans ; Gallimard, 1999.
Je suis pas un camion, Seghers, 1989 – grand prix de la Nouvelle de la Société des gens de lettres ; Julliard, 1996 ; Pocket, 2000.
Moi les enfants j'aime pas tellement, Syros-Alternatives, 1990 ; Julliard, 2001.
Le pont, la rivière, A.-M. Métailié, 1990.
Quelque chose de la vie, Seghers, 1991 – prix Nova 1991 pour l'ensemble des recueils de nouvelles ; Julliard, 2000.
Les voilà quel bonheur, Julliard, 1993 – prix Renaissance de la nouvelle, 1994 ; Pocket, 1996.
Le lait est un liquide blanc, Julliard, 1995.
Après, Julliard, 1996 ; Pocket, 1998.
Embrassons-nous, Julliard, 1998 ; Pocket, 1999.
Noir, comme d'habitude, Julliard, 2000.

ANNIE SAUMONT

C'EST RIEN ÇA VA PASSER

ÉDITIONS JULLIARD
24, avenue Marceau
75008 Paris

© Éditions Julliard, Paris, 2001
ISBN 2-260-01590-5

Un temps pour vivre

Quand il m'a dit 2 000 j'ai demandé, 2 000 francs ou 2 000 euros ? Ça fait une différence. Et puis, Pour combien de temps ? Il assurait que ce ne serait pas long. Il prendrait l'avion. Quelques jours. Une semaine au plus. D'accord ? Hey, pas des euros, de bons vieux francs. Tous frais compris.

J'ai dit que j'allais réfléchir, et puis que — oui, ça irait. J'ai voulu des détails. Je devais m'installer sur place. J'ai rassemblé mes affaires, c'était léger. Je l'ai rejoint à son domicile. Presque aussitôt il est parti. Avec une petite valise. Juste comme il refermait la porte j'ai crié, Supposez qu'on m'interroge ? Sans même se retourner il a dit, Tu te débrouilles.

Si j'avais su que l'an 2000 commencerait ainsi je me serais préparé.

J'ai ôté mes baskets. J'ai enlevé mon pull. Mis à l'envers comme d'habitude. Je me suis affalé sur le canapé du salon. En velours. Les nuits d'avant je dormais sur un vieux tapis. Ce brusque tournant de ma vie ça me semblait chouette. Pas question de trop m'habituer au luxe, le type rentrait dans une semaine. Il m'avait laissé 2 000 balles en chèque, me disant de les utiliser pour mes dépenses quotidiennes, je pouvais dépasser dans la limite du raisonnable on ferait les comptes au retour. C'était classe.

J'ai procédé à l'inspection des lieux. En commençant par la cuisine. Je disposais – m'avait-il précisé – des produits alimentaires entassés dans les placards et le gros congélateur. J'aurais à peine besoin de sortir pour les courses.

Ça se continuait par un hall et à droite une salle à manger. À gauche sa chambre à lui. Petite, blanche, un cube de verre près du lit à deux places, sur le cube une lampe design. Et une photo. Le portrait d'une fille que je ne connaissais pas.

Que j'ai connue. Le lendemain. Elle est arrivée en scooter, son bagage débordait des sacoches. J'avais dormi d'un profond sommeil dans la chambre blanche. Il y avait aussi une chambre d'ami. J'ai pensé que ce serait pour la fille. Qui semblait vouloir s'établir.

La maison était superéquipée, rien à voir avec les squats où je m'étais souvent planqué, rien à voir avec mes gourbis. C'était plein de taquets de boutons de clignotants de manettes. J'ai assumé. La fille m'en a enseigné l'usage. J'ai assumé la fille aussi.

Je l'ai laissée se coucher dans mon lit. J'avais d'abord décidé de pioncer dans le lit des invités. Elle a dit, T'en va pas, c'est un Dunlopillo. Je suis resté. Durant la nuit le désir m'est venu. Elle s'était blottie contre moi, j'ai pas pu résister.

La vie commune fallait s'y faire. Je m'y suis fait. Provisoirement. Du moins je croyais que ça ne durerait pas. Il avait dit, Par avion. Il avait dit, Ce sera rapide. Quand le congèle a été vide on a fréquenté les Quick. On se baladait en scooter. On polluait.

Voilà deux ans que ça dure. J'ai vainement cherché dans les journaux l'annonce d'un accident, un jet qui tombe à la mer, qui crashe, qui explose. Personne pour réclamer le corps ou de qui obtenir des nouvelles. J'ai rien vu à la télé. Rien entendu rapport au mec. Ses appareils ménagers et tous les trucs compliqués ne sont plus sous garantie. J'ai eu recours à l'intérim pour payer les taxes, les factures de gaz, d'électricité, d'installation satellite. Je suis gardien de nuit dans les parkings, l'hiver je gèle et l'été je subis les assauts de la racaille. Pendant que Véronique en écrase dans la chambre autrefois blanche sur le matelas Dunlopillo. Pour reprendre la route faudrait pas que j'attende jusqu'à 2050. Je serai trop usé.

Je veux et ne veux pas qu'il revienne. S'il règle les frais c'est à considérer. Et puis ça me donnerait l'élan pour recommencer ma vie vagabonde. Je ne me sens pas très cool dans sa baraque tout confort. Avec sa meuf en prime.

Je guette le fax ou l'e-mail qui m'annoncera son retour. À moins qu'il se pointe un jour sans crier gare et nous surprenne.

Disons que ce serait au printemps, en 2003 2004 2005. Je lui rendrai tout. La maison et ses appareils brevetés, micro-ondes turbobrosse ordinateur lave-vaisselle interphone lecteur de CD vélo ergonomique. Ces engins qui risquent la panne et me causent du souci. Je me tartinerai pour la pause un sandwich au calendos. Bourré de nitrates, tant pis.

J'abandonnerai la vidéo le fax et le modem Internet. Les petits gadgets du vestibule ouvrant la porte d'un mot-clé ou arrêtant la cambriole et aussi ceux du grenier qui surveillent le mouvement des astres mais Véro les connaît pas, j'ai jamais pu les manœuvrer.

Je mènerai ma vie comme avant l'an 2000. Traînant au soleil, regardant tomber la pluie, longeant les prairies, faisant gaffe aux clôtures électriques. On pouvait encore s'offrir le creux des haies pour aimer les filles – avec leur assentiment et un préservatif.

Je lui rendrai tout pour qu'il me rende le passé, les voitures qui s'arrêtaient quand du pouce on leur signifiait qu'on allait dans la même direction, les trains à moyenne vitesse, le facteur montant la côte en danseuse sur sa bécane. Et les foyers où des bonnes femmes sympa remplissaient les assiettes. Je lui rendrai tout pour que dans les églises on chante encore des cantiques, s'efforçant juste un peu de croire que Dieu existe et qu'Il nous veut du bien.

J'irai par les sentiers à condition toutefois que les sentiers subsistent, et par les forêts s'il en reste. Les Nike à pompe et les Reebok seront retournées au placard on en trouvera pour presque rien en déstockage. Je marcherai.

Il m'aura laissé tomber. Je manquerai pas de lui dire ce que j'en pense. Peut-être que soudain ça lui a semblé trop dur de se ramener par ici. Il va. Tout droit dans un pays extra aux arbres chargés d'oiseaux. Il aurait pu me prévenir, je lui dirai. S'il revient. Quand il reviendra. Et aussi que j'en ai rien à foutre du Powermax du Compacto de luxe du Vaporetta-plus du Digital tuner. Je lui rendrai tout, ça fonctionne. À présent y a mieux, remarquez.

Même je lui rendrai Véronique. Elle aussi fonctionne encore mais ça n'est plus vraiment du premier choix. Le troisième millénaire lui réussit pas. La voilà qui se plaint d'être en déprime. Elle chiale et a beaucoup grossi.

Allah est grand

madame
d'accord pour le lavage du pavé ça purifie. plus on lave plus que c'est très propre. madame toi et moi on est des gens qui font bien les choses. ma mère faisait pareil. c'était elle avant qui vivait sous la tente la mieux rangée là-bas dans notre désert à nous et pleine de linge plié. quoi la mieux à tout point de vue et après ils ont habité ma mère dans une maison en brique alors ça lui plaisait pas. surtout que l'eau venait jusqu'à l'haouch et les femmes avaient même plus pour se voir la bonne raison d'aller à la fontaine. mais moi madame je connais tes manières et t'inquiète pas c'est sûr avant de partir je fermerai le gaz.

Farida,
Vous n'avez pas à me raconter votre vie, cela prend du temps sur votre travail. Voilà pourquoi je

trouve chaque jour de la poussière au salon. Une fois encore je vous rappelle les tâches à effectuer :
— Époussetage : chiffon doux (placard des produits d'entretien dans le débarras, étagère du milieu) et plumeau pour les objets fragiles.
— Encaustiquage des meubles. Ne pas accumuler la cire dans les fines découpes du bois (dossier du fauteuil Louis XIII).
— Frotter les glaces au Clair' Vitr'.
— Passer l'aspirateur sans oublier les coins et le dessous des meubles. Petit suceur pour les plinthes. Manier doucement l'appareil. Pour les tapis utiliser l'accessoire spécial et régler sur force 1.

Bien entendu, en arrivant, vous aurez astiqué la cuisine et sorti les poubelles.

madame
y a plus de lessive. les robes que tu as rapportées des magasins ça déteint. maintenant tout est rose. moi je vais chez tati pour les frusques. comme qualité c'est mieux. mais j'ai pas à te commander. le couscous pour dimanche tu veux merguez ou poulet. ça fait trente-deux heures allahouakbar.

Farida,
Mettez mon chemisier à tremper dans une eau légèrement javellisée, cinq centilitres de Javel pour trois litres d'eau, servez-vous du gobelet mesureur. J'en ai assez de porter du rose bonbon parce que

Allah est grand

vous n'êtes pas capable de laver à l'eau juste tiède. Je vous laisse l'argent de la semaine mais la prochaine fois je retiendrai le prix du linge abîmé. N'oubliez pas que moi aussi je travaille, et je n'admets pas le gaspillage.

madame
le chauffage il est détraqué ta maison elle est trop glacée je peux pas rester dans une maison comme ça. frijide. nous on a une pièce pour sept on se tient chaud et surtout que faut souvent qu'on se serre un peu pour les amis. si tu dis qu'aujourd'hui j'ai pas bien nettoyé c'est que j'avais les doigts raides comme la pierre. ton pays est gris et triste. mes respects.

Farida,
Remuez-vous et vous n'aurez pas froid. Mais je m'en voudrais si vous tombiez malade, j'ai téléphoné au plombier qui viendra demain réparer le chauffage. J'espère qu'en échange de mes efforts pour assurer votre bien-être vous aurez le souci d'accomplir vos devoirs avec conscience et ponctualité. N'oubliez pas que l'électricité est hors de prix et que déjà en ce mois de février le soleil éclaire l'appartement. Je vous autorise à boire un café en arrivant ou au milieu de la matinée (bocal dans le casier au-dessus de l'évier, prendre la poudre avec une cuiller sèche). Vous ne me parlez

pas de monsieur Louis, je souhaite ne rien ignorer de ses déplacements.

madame
j'ai tâché de surveiller monsieur louis comme tu m'as dit mais il est venu qu'à cinq heures et il a beaucoup bâillé avant de se reposer sur le canapé du salon. madame dans ma maison à l'étage y a un marabout de chez nous et on peut lui demander de composer un filtre d'amour c'est facile le marabout écrit sur un papier avec son encre spéciale que monsieur louis il t'aime et après on lave la déclaration avec de l'eau au-dessus d'un bol et dedans ça coule un jus que tu mélanges à une boisson. aussitôt que c'est avalé toi pour monsieur louis tu brilles comme une étoile allah est grand.

Farida,
Mêlez-vous de ce qui vous regarde. Vous surveillez, c'est tout. Ne laissez pas traîner les messages, ni les miens ni les vôtres. Glissez-les toujours comme convenu dans le tiroir en bas du four. Je n'apprécie pas vos recettes. Donnez un coup de fer à ma robe de soie sauvage, le thermostat sur MIN.

madame
monsieur louis est arrivé juste comme je finissais la robe. il m'a dit de l'enfiler pour voir j'ai dit non

Allah est grand

ce serait pas convenable. après ça il a pas été ennuyant il compte avec sa calculette comme celle d'ali pour ses devoirs d'école. il a dit que les affaires vont pas trop bien. et puis il a bu un visky. madame j'ai pas cassé la pendule elle retarde. pour cause que l'église sonnait six coups juste comme je m'en allais et chez toi c'était moins dix. tu te trompes quand tu dis que je sais pas lire l'heure je suis pas une bête et allah est grand.

Farida,
Continuez à observer monsieur Louis. Je le connais depuis longtemps et il a ma confiance. Mais s'il avait l'air de chercher quelque chose prévenez-moi. Avec les hommes on doit toujours rester sur ses gardes. Évitez de lui tenir des propos sans intérêt.

J'ai déposé sur la table de la cuisine de vieux habits encore en bon état. D'habitude je les réserve aux chiffonniers d'Emmaüs, vous pourrez tailler dedans des vêtements pour vos enfants. Ce sont des petits cadeaux qui devraient vous motiver pour me nettoyer à fond les toilettes. Utilisez Harpic nouvelle formule qui est en évidence sur l'abattant de la cuvette.

madame
ce monsieur louis je l'ai trop dans les jambes et qu'est-ce que je dis quand il me dit assez d'asti-

quage tu me fatigues et qu'il veut que je joue avec lui comme s'il était un gamin. je suis pas sa chirate mais ta femme de ménage. harpic en évidence c'est quoi. ce que j'ai vu c'est en plastique.
madame ça va pas de traîner sa journée comme monsieur louis. ça va pas non plus la cire que t'as dit d'étaler partout pour que tout brille et qui sent le caca de dromadaire moi ça m'est égal mais toi.

Farida,
On m'a dit qu'un jeune garçon était venu vous chercher hier avant la fin de votre travail, sur sa mobylette, avec un bruit d'enfer. En voilà des façons. J'exige une explication.

madame
oui ali est venu parce que dans mon quartier le mehdi à ma sœur houria s'est pris de mal et on est de la famille et fallait que je sois là pour lire et écrire les papiers à l'hôpital et puis aussi qu'à l'hôpital ils font comment ça leur plaît. parfois des piqûres en plein après-midi même quand c'est le ramadan. des convulsions c'était. à ce que l'infirmière a dit. mais ça s'est arrangé merci le petit est calmé allah est grand.

Farida,
Les visites à l'hôpital sont interdites le matin, donc vous n'aviez pas de raison d'arriver ici à onze

Allah est grand

heures. J'ai mes informations. Cela fera deux heures de moins pour le compte de la semaine. Moi, je pars chaque jour au bureau à l'aube dans les embouteillages et je m'entends dire après que vous en prenez à votre aise avec les horaires. Que ça ne se reproduise pas.

madame
c'est juré je reproduirai pas. ce matin abdelem avait sa crise que les femmes de chez nous doivent pas sortir de la maison. j'ai dit qu'on n'est pas chez nous et qu'il gagne des sous s'il veut plus que je m'esquinte. les hommes leur faut tout et le reste y a seulement que allah qui est grand.

Farida,
Rien qu'à passer le doigt sur les plinthes on sent comme une fourrure, je me demande à quoi vous occupez le temps. Ne touchez pas à mes revues. Quand vous en aurez terminé avec le ménage pensez aux cuivres et à l'argenterie. Et surtout racontez-moi tous les mouvements de monsieur Louis.

madame
j'ai essuyé partout dans le salon la poussière revient toujours se poser là. et là et là. j'ai trouvé un petit paquet plié sous la pendule. dedans y a une poudre blanche. monsieur louis a dit que c'était très bon pour votre estomac. l'eau de javel ça

manque. les mouvements de monsieur louis c'est bâiller et boire le visky.

Farida,

Je ne vous ai jamais chargée de déplacer la pendule trop lourde pour vous, ma pauvre. J'ai rangé les sachets de poudre qui sont un excellent remède contre les troubles de l'appareil digestif. Mais surtout n'en parlez pas, votre religion l'interdit. Pour vous aider à nourrir convenablement Ali, Kader, Sabrina, Yasmine et le bébé je vous augmente de 5 francs l'heure. Vous passerez la serpillière sur le carrelage du débarras.

madame

5 francs de plus c'est 30 francs la journée. pas avec ça que les gosses auront ce qu'ils ont besoin pour leurs os et les organes. les garçons ils sont toujours à veiller sur leurs sœurs c'est usant. de l'avis d'abdelem 10 francs ce serait mieux.

Chère Farida,

D'accord pour votre augmentation si vous me tenez au courant des agissements de monsieur Louis. Je vous laisse la liste du marché (qui a lieu chaque mercredi sur la place). Mettez les provisions au réfrigérateur et la monnaie des courses dans la boîte à pastilles Valda, derrière les couverts.

Allah est grand

madame
les agissements je comprends pas. j'ai rien raconté de monsieur louis parce que y a un bout que je le voyais plus. il est venu hier et il a crié salam comme s'il était un de chez nous et après il voulait du thé et j'en ai préparé du très fort et très sucré comme pour nous le thé à vous lipton c'est pas si bon. monsieur louis a eu l'air content. je crois madame que tu aimes qu'il soit content chez toi ou bien tu lui donnerais pas la clé de ta maison.
pour le marché je veux bien y aller mais chez nous c'est l'homme qui va. alors tu pourrais demander à monsieur louis qu'arrête pas de me tourner autour disant qu'il a besoin de ci ou ça. je serai plus tranquille s'il est parti remplir un couffin de choses à manger. je les rangerai au frijidère. mais s'il dit non j'envoie noureddine huit ans qui travaille dur à l'école et se trompera pas dans les sous. faudra le payer un peu pour lui causer de la fierté.

Farida,
J'ai le regret de vous avertir que monsieur Louis n'ira pas au marché, je regrette aussi qu'il vous gêne mais je tiens à ce qu'il se sente à l'aise. Montrez-vous plus agréable. Mon père vient de mourir, je vais m'absenter pour trois jours. Si monsieur Louis a faim vers les 5 heures servez-lui une collation. Du jambon et du fromage. Le pain

complet est dans la corbeille. Débouchez une bouteille de vin.

madame
je pleure que ton père il est mort et qu'on le fourre dans un vilain cimetière comme c'est dans ce pays d'ici. chez nous madame dans les cimetières on est à la campagne. avec les tombes des bons musulmans toutes pareilles sauf la couleur les bleues pour ceux de retour des cinq pèlerinages à kairouan les vertes pour ceux qu'ont prié à la mecque. madame les femmes elles enterrent pas elles rendent visite au mort le lendemain seulement. madame je me mets au bavardage t'as dit travaille. j'arrête. allahouakbar.

Farida,
L'endroit où on va inhumer mon père ça n'est pas votre affaire. Occupez-vous de ce qui vous concerne. Lavez et nettoyez, rien n'est jamais trop propre. Un simple manque de vigilance et ce qui était propre redevient sale. Gardez un œil sur monsieur Louis. Qu'il ne s'avise pas d'amener chez moi d'autres femmes en prétendant qu'elles sont de sa famille.

madame
monsieur louis il a dit que je boive avec lui et si on boit de l'alcool la maison s'écroule alors comme

en plus c'était ton haouch à toi j'ai pas voulu. il a dit que j'étais pas mieux que la patronne et il s'est mis en colère que les bonnes femmes dans le monde entier elles mènent les hommes. pourtant nous les femmes faut qu'on fait comme le veut le mari et se cacher de ceux qui sont pas le mari. mais ma fille sabrina elle quitte l'usine en même temps que les hommes et par la même porte. monsieur louis il a dit que sabrina il pourrait l'aider, il serait son oncle elle vendrait les remèdes pour l'estomac aux gars qui mangent à la cantine et qu'ont avalé du porc en se figurant que c'était de la volaille et comme j'ai dit non et non il a redit deux fois et puis encore une que dans le monde entier c'est les femmes qui commandent. j'ai dit venez voir abdelem ce qu'il en pense. ma fille sort du boulot avec son hidjab sur les cheveux et les oreilles et dans la foule d'ouvriers cavalant pour le bistrot ou la télé y a des garçons qui la frottent et crient que c'était pas exprès excusez. elle dit qu'elle sait plus sur quel pays danser.

Farida,
Vous avez raison de vous méfier. Je vous prie d'être très prudente, n'adressez la parole à personne. Lorsque quelqu'un vous interroge répondez dans votre langage. Ma fidèle Farida, je compte sur vous pour ne pas prendre, en situation difficile,

d'initiative hasardeuse. Vous ignorez tout, vous brûlez ce message.

madame
juste comme j'approchais l'allumette monsieur louis et moi on s'est disputés on s'est jeté à la tête les têtes des soldats français égorgés par les fedayin et les têtes des fedayin avec leur zob plein la bouche c'est vraiment pas beau. il a dit que j'avais bien de la chance d'avoir de l'emploi chez quelqu'un qui a de quoi pour me payer.
d'accord, j'obéis je dis plus un mot ça donne que de l'ennui, et d'écrire aussi. C'était utile que j'apprenne pour les papiers de la mairie. mais je parle plus j'écris plus j'astique et pour le reste je suis comme morte et dans ma tombe. allah est grand.

Farida,
J'ai chassé monsieur Louis de chez moi, enfermez-vous, je lui ai repris la clé.

madame
il est venu et il a couru dedans quand j'ai ouvert la porte pour secouer les chiffons. il a farfouillé partout et alors la police est arrivée même qu'il criait farida dis-leur toi. sans doute ce qu'il voulait dire c'est qu'il m'a jamais bourriquée. moi je courais dans tous les sens pour lui chercher ses paquets à calmer le mal d'estomac. les saletés qu'on avale en

prison ça tue ali l'a dit et j'en ai rattrapé un de par-derrière la pendule et d'autres sous le couvercle de ta boîte à ouvrage et d'autres aussi entre les livres. comme ça il avait une provision pour les mauvais jours d'après mais la police lui a pris en répétant que c'était très heureux que moi j'étais là et fallait que je marque mon nom vu que j'ai fait du bon travail à leur avis. c'est vrai que j'avais fini le ménage. que la vaisselle était rangée et la maison propre comme un caillou neuf.

ceux de la police ont dit qu'ils reviendront j'ai dit que t'as pas dit quand tu rentres et j'ai pas pu rapporter les choses du marché tu m'as pas laissé les sous t'avais l'esprit à la déroute. moi je vais tout de suite aller voir si je peux t'acheter ton manger acridi.

allah est grand.

Vous auriez dû changer à Dol

Veuillez présenter vos billets, messieurs-dames. Vos billets s'il vous plaît.

La voix du contrôleur résonnait étrangement dans le wagon. J'ai levé la tête, mon livre est tombé. Je me suis baissée pour le ramasser. C'était un récit de guerre. Avec des attentats et des bombardements. Une guerre que je trouvais lointaine. J'ai dix-neuf ans. Ce qui s'est passé si longtemps avant ma naissance j'appelle ça de l'Histoire.

Le contrôleur s'est planté devant moi. J'ai fouillé dans mon sac parmi les cartes de crédit le portable la boîte de tranquillisants et ma petite trousse de produits de beauté. Il a jeté un coup d'œil à mon billet. Et puis, un peu sévère, Vous auriez dû changer à Dol.

J'ai dit, Ah. J'ai dit, Je ne savais pas. Et maintenant ?

Vous êtes sur une voie de dégagement. Rien à

faire. À vos risques et périls. Vous me paraissez de bonne foi, je ne vous demande pas de supplément.

Il m'a rendu le billet. Il s'est éloigné vers le fond du wagon. Veuillez présenter — Je ne l'ai suivi des yeux qu'un instant. Le bruit a cessé, je me suis retournée, il avait disparu. Dans mon étonnement j'ai de nouveau laissé filer mon livre. Comme je m'apprêtais à le rattraper une main me l'a tendu, la main de mon voisin. J'étais sûre qu'une minute plus tôt je n'avais pas de voisin. Il était là qui me souriait mais je ne le voyais qu'à peine, il semblait presque transparent. Je distinguais pourtant ses cheveux en brosse, sa veste de tweed. J'ai souri à mon tour. Un sourire un peu crispé. À l'arrivée du contrôleur j'aurais juré que le compartiment était vide. Sans doute n'avais-je pas remarqué quelques voyageurs dans mon dos. Et soudain autour de moi plus une place libre. Qu'étaient devenus les sièges avec leur rembourrage de skaï ? Les gens se tenaient assis sur des banquettes de bois, dans un wagon ancien bringuebalant sur les rails. Ils avaient un air d'être là sans être.

Les joueurs de belote échangent des propos qui restent inaudibles. L'un d'eux proteste en silence. En silence l'autre abat des cartes. Une femme toute frisée tricote une laine tout aussi frisée, elle l'aura récupérée en se livrant à un patient détricotage.

Les quatre aiguilles de la chaussette se heurtent sans le moindre cliquetis. La femme n'est en fait qu'une silhouette et la paysanne au panier de châtaignes une aquarelle. Un môme me regarde, suçant son pouce. Il est pâle, j'ai envie de le toucher, de mettre un baiser sur sa joue. Quelque chose me retient. J'ai l'impression que le contact serait glacial. Un homme coiffé d'un feutre mou feuillette des papiers couverts d'écriture. Des jeunes filles blêmes se confient leurs secrets, elles chuchotent et courbent le front, les cheveux sagement retenus par des pinces. L'une d'elles au long de ses jambes nues a tracé la couture de bas imaginaires. Les teintes sont fanées, même le «Soir de Paris» sur leurs lèvres a perdu son éclat.

Plus loin encore un garçon de quinze ou seize ans se ronge les ongles, lançant des regards furtifs vers l'extrémité du wagon où sont assis deux officiers en vert-de-gris. Ils fument et ne semblent pas lui prêter attention. Ils parlent ou du moins leur bouche forme des mots. Que je n'entends pas. La petite fille dort appuyée contre la tricoteuse. Un geste brusque de sa mère perdant ses mailles la réveille. Elle bat des paupières et balance ses pieds chaussés de sandales aux semelles de bois. La maman fronce les sourcils et le prof assis en face corrigeant ses copies esquisse un geste d'indulgence.

L'officier à la casquette plate, aux joues bien

rasées, extrait de sa serviette un papier plié. Il l'ouvre et le passe à son compagnon qui pose une question écoute la réponse et incline la tête. Tous deux se lèvent. Fini les conversations muettes. Un coup d'œil alentour, les voyageurs contemplent leurs genoux, seule la fillette dévisage tranquillement les hommes en uniforme qui se dirigent vers l'extrémité du wagon. Le garçon se recroqueville, enfonçant les mains dans les poches de son blouson.

La brume de ce jour d'automne a pénétré dans le train. Au travers je vois l'un des officiers se pencher vers le garçon qui hésite, sortant de sa poche un document fripé. L'officier le tend à l'autre gradé, il ricane. Je les vois s'emparer du garçon. Je les vois se diriger avec lui jusqu'à la plate-forme. Le professeur ôte ses lunettes. Personne ne bronche. Seule la maman étouffe ce qui doit être un gémissement. Je bondis, gagnant de vitesse les deux tortionnaires qui traînent leur proie vers la portière. *En cas de nécessité tirer le signal d'alarme.* Je tire. Grincement de freins. Le train s'immobilise.

Là je ne sais plus. On m'a accusée d'avoir perturbé la marche du train sans raison valable. *Tout abus sera puni.* J'ai protesté, j'ai dit que je m'étais trouvée dans une situation critique, c'était un cas de force majeure. Je tentais vainement de me justifier on me rétorquait que j'étais la seule voyageuse je ne pouvais me sentir menacée. Têtue, j'ai refusé de payer une amende.

Après le procès-verbal je veux comprendre. À Rennes où je fais mes études je consulte les archives. Il me faut des heures de recherches pour découvrir un article contenant quelque information. En 1944 un attentat était prévu entre Dol et Saint-Malo. La voie ferrée sauterait durant la nuit. Un retard a provoqué le drame. Le modeste train du matin a été pulvérisé, le feu a tout réduit en cendres. Je suis la victime d'une hallucination, cet article j'avais dû le lire déjà en première année de fac au cours d'un travail universitaire sur la destruction de la cité malouine – cinq cent mille mètres cubes de décombres – durant la guerre de 1940.

Je comparais devant le tribunal correctionnel. *A sciemment et délibérément causé l'arrêt du train. A refusé de payer l'amende.* Comment expliquer qu'en ce jour d'octobre un moyen de transport anodin s'est changé en train fantôme véhiculant des voyageurs fantômes ? On me croira folle, ces choses ne se racontent pas. Je n'ai pas voulu d'avocat. Je dis que ce matin-là je me sentais plutôt mal, la veille je m'étais couchée tard, à l'aube j'avais eu recours aux gélules – je montre la boîte – prescrites par un médecin, je lis la notice, *risque de somnolence.* Je dis que j'ai somnolé, que j'ai eu un cauchemar. Tirer la poignée en cas de danger. J'ai cru qu'il y avait danger. Le juge interroge, Quelle sorte de danger ? Insistant, Pouvez-vous préciser. Je crie que sûrement ils avaient l'intention de le jeter par la portière. Qui donc ? Ce garçon. De quoi parlez-vous, dit le juge. Je bafouille, Non, c'est dans mon rêve. Le juge me regarde fixement, Vous devez apprendre à vous méfier des rêves. J'ai lu dans ses yeux comme un avertissement. Il pose mon dossier sur la pile des affaires en instance. Sa main tremble. Ses ongles sont rongés.

Il me condamne à un mois de travaux d'intérêt général. Des circonstances atténuantes me donnent droit au report de la peine jusqu'aux vacances d'été, mes études n'en souffriront pas.

En juillet on me convoque. Vous êtes affectée au restaurant communautaire de Saint-Malo. Vous ferez quotidiennement cinq heures de service et de plonge. Chaque jour vous devrez signer la feuille de présence.

Quand je suis allée à la gare me renseigner sur les horaires des trains l'employée au guichet m'a déclaré calmement, Mais non, vous ne changez pas à Dol. Elle pianotait sur son clavier. J'ai dit, Bon ça va, merci.

J'ai pris l'autocar.

J'arrive à l'adresse indiquée. C'est derrière les remparts, près du palais de justice, au bas de l'Enclos de la Résistance. Un immeuble de quatre étages à la belle façade de granit, sans enseigne. Rien qui indique l'existence d'un restaurant subventionné offrant des repas aux plus démunis. J'ai lu des notes sur les rescos pendant la guerre. Ce terme existe-t-il encore ? On n'entend plus parler que des Restos du cœur.

Un ouvrier travaille sur le trottoir, il a soulevé la plaque de l'égout et se prépare à descendre. Je me précipite pour l'interroger. Je demande. J'insiste, j'invente, C'est pour un emploi-jeune. Vraiment ? dit l'homme. Qui vous a envoyée ? Y a des gens qui perdent complètement la tête. Le restaurant communautaire a été détruit à la fin de la guerre. Lorsque toute la ville a brûlé. On a reconstruit en granit, les pierres ça dure, les villes ça se rebâtit la vie continue mais les hommes passent, les choses se transforment. Ceux qui vous envoient sont pas clairs. Il dit que lui ne connaît pas les détails, n'était pas là n'était pas né. On lui a raconté que la ville avait été évacuée. Les derniers qui s'obstinaient à ne pas la quitter s'entassaient dans les abris. On n'en sortait que pour la bouffe. Quand les Amerloques ont lancé l'attaque le resco a été touché par une bombe incendiaire.

L'homme a vérifié l'échelle, s'est enfoncé dans le trou, refermant sur lui le couvercle. J'ai téléphoné au tribunal de Rennes. La secrétaire a hésité, puis m'a dit que monsieur le juge venait de prendre un congé. Pour convenances personnelles. Je recevrais ultérieurement une nouvelle affectation.

Les goélands font un grand vacarme.

C'est l'été, je vais sur la grève, j'emporte un livre et je ne lis pas. J'emporte mes cours et je n'étudie pas. Je m'assois le dos contre le quai, j'attends. Je regarde l'eau qui monte.

Zan

La langue. La bouche. Noires. À cause du zan.

Tu vas te faire attraper par maman. Parce que c'est un sacrilège de manger avant la communion. Monsieur le curé s'il savait il serait pas du tout content. Déjà qu'il a pas le goût des grosses poitrines. Il dit qu'on aurait pu te mettre en aube ça aurait été plus flou. Notre mère t'a voulue super. Elle a dit que tu porterais pour l'occasion sa première robe de bal. Elle a dit que ça ferait une économie. Elle a ajouté que c'était aussi en souvenir de Namoud. Elle l'a dit tranquillement. Comme si le dernier souvenir de Namoud était pas un souvenir sauvage, un souvenir de sang répandu qui devrait lui donner les boules. Toi tu étais pas très grande quand il est mort dans la brousse. Paraîtrait que t'as demandé, Quand on est mort où on va ?

Notre mère t'a expliqué, Namoud est au ciel. Avec les anges. Moi j'étais encore dans les limbes sur un matelas de nuages roses alors j'ai pas entendu.

Après, l'ancêtre y a mis son grain de sel. Il parlait en ce temps-là. Il a dit, Quand on est mort on n'est plus rien. Le corps retourne à la poussière. L'esprit ça existe pas. Et non plus l'Enfant Jésus.

Notre mère t'a dit (qu'elle dit), L'ancêtre est A.T. L'écoute pas. Toi t'es chrétienne, t'as eu le baptême.

Quand tu l'as écouté, l'ancêtre, ses discours étaient devenus du bafouillage. Tu questionnes, A.T. ça veut dire quoi ? Je suis ta sœur (à moitié) petite encore mais pas bête alors souvent tu m'interroges. A.T. ? Peut-être Alerte et Têtu. Ou bien Absolument Timbré. Mais non, il a eu une attaque, tu corriges, Attaqué Traîtreusement. Ou bien Abattu Terrassé.

Ou bien Accro Télé.

L'ancêtre tu l'aimes. C'est le père de Namoud. Pas lui qui irait rapporter que t'as mangé en douce un ruban de réglisse le matin de ta communion. D'ailleurs depuis son attaque qui lui a causé un choc au cerveau il parle plus il marmonne. Même s'il parlait il garderait le secret. Tu dis que tu en es sûre. C'est plus simple d'être sûre de ce qu'on peut pas vérifier.

T'as boulotté la réglisse à toute vitesse en aspirant fort comme pour les spaghettis. Tu as manqué t'étrangler avec la perle en bonbon qu'était au centre du rouleau. Suppose que ça se bloque dans ta gorge, à ton tour tu dirais plus rien. Si t'ouvres la bouche t'es noire. T'as toujours des seins en trop sous l'étoffe de ta robe. Le voile devrait la recouvrir. Une robe blanche en mousseline. Namoud avait trouvé que sa femme était belle en robe blanche. Puis toute nue et blanche. Tu es née, après. Un jour Namoud est allé se battre et il est mort. Ensanglanté.

Notre mère l'autre jour comme tu essayais la robe elle a dit é olie. Elle marquait un nouvel ourlet parce que la jupe ça pendait. Tu as compris t'es jolie elle disait peut-être autre chose quelle folie ou sois polie, entre ses lèvres elle serrait les épingles tu pouvais pas faire répéter t'avais peur qu'elle les avale.

Déjà qu'elle est triste d'avoir perdu Namoud qui était comme son mari mais toi tu crois qu'en vrai ça la ronge pas le chagrin, qu'elle aurait pas dû se consoler si vite ni se mettre avec celui qu'était pas mon père à l'époque puisque j'étais pas encore là. Un Blanc, voilà ce qu'on dit, mais la peau d'un homme blanc c'est pas très blanc c'est rosâtre. Namoud il était noir brillant. Toi t'as pris du côté de maman t'es plutôt blême. Tu dis, Pas de veine. Tu le dis et tu manges du zan.

T'es une pécheresse puisque tu vas communier avec du zan dans l'estomac et la perle en sucre dur qui fera pas bon ménage avec le pain consacré. Pas comme ça que tu gagneras les indulgences pour le compte de ton papa qui est mort avant d'avoir eu le temps d'avouer ses fautes en confession. Sans doute il en avait commis puisque personne est parfait. Même si notre mère ne cesse de rabâcher qu'il était bon et honnête, que tout en lui était clair sauf la couleur de sa peau, qu'il possédait un fusil mais qu'il s'en servait jamais le premier. S'il s'en était servi plus vite il serait encore parmi nous, elle l'a dit en essuyant une larme, le geste habituel quand on pense aux gens qui sont morts et qu'on oubliait d'aimer pendant qu'ils étaient vivants.

T'as entendu ? Si tu passais pas des heures à te regarder dans la glace bouche ouverte pour t'assurer que le noir de la réglisse est toujours là t'aurais entendu comme moi. L'ancêtre A.T. a remué dans son fauteuil. Y a un patatras terrible, il s'est levé il est tombé. Maintenant tout le monde s'agite. Notre mère court chercher l'eau de mélisse. Elle tient l'ancêtre aux épaules et elle dit non qu'elle a jamais souhaité ça pour lui. Elle l'a pas abandonné même que mon père à moi voulait. Le docteur a prévenu que la deuxième (attaque) ça lui serait fatal. Mais c'est simplement une chute, il se souvenait pas qu'il peut plus marcher. Elle dit qu'elle l'a toujours soigné de son mieux. L'ancêtre A.T. père de Namoud elle lui prépare chaque jour son manger, bien écrasé parce que le moindre morceau se coincerait dans sa gorge. Tu vois ce que tu risques toi si ça se noue ta réglisse. La chute était pas trop grave le voilà remis en place encore en vie et A.T. Notre mère dit, Il est vieux et il est toujours là mais Namoud est mort qui était jeune et beau. Et fort, elle dit que c'est pas normal. Elle se console avec mon père à moi.

Notre mère a trop raccourci la robe. On voit tes jambes au-dessus des socquettes. Des jambes aussi pâles tu détestes. Les bras tout pareil. Notre mère nous a appris qu'on doit se brosser les dents. Le zan ça prend pas sur les dents. Ta bouche le reste c'est les ténèbres. Qu'est-ce qu'il pensera monsieur le curé quand il y enfoncera l'hostie. Sans doute il jettera juste un coup d'œil de côté sur tes seins trop gros, d'un air en colère. Notre mère essaiera de te les aplatir avec trois tours de bande élastique.

Et alors tu seras une fille comme les autres malgré le noir sur ta langue. Une fille qui s'en va pas au bal mais à sa première communion, une fille de douze ans un peu grande pour son âge, noire au-dedans blanche au-dehors.

Moi je suis la petite sœur (demi) qui observe et qui pense. Si on m'avait demandé mon avis j'aurais choisi pour papa le grand Noir avec des flèches et un fusil, pas un conducteur de taxi râleur, blond qui se déplume, rose violet qui rougit quand il grogne.

Notre mère te trouve belle et te cajole. Toi t'as le noir dans l'esprit, tu rêves noir, tu voudrais – pas vrai – te rouler dans la poussière de charbon, crayonner tes joues au fusain, enfiler sur ta robe un manteau très foncé – la pluie dessus ça déteindrait – tu veux chanter *Black Man Blues* et que le soir tombe sur la brousse immense. Tu veux être noire comme les filles de ta tribu là-bas près du fleuve Oubangui.

Je te regarde. Je dis rien.

Et puis je dis, Donne-moi du zan.

Anniversaire

Il a appelé sa mère – disaient-ils – pour l'avertir qu'il n'irait pas ce dimanche chez tante Éliane. Sa mère préviendra Georgette. Non ce n'est pas de Germain qu'ils ont obtenu ces informations mais d'Irène. Plus fine plus perspicace. Et Irène fera observer que tante Éliane n'allait pas apprécier, elle avait commandé un énorme gâteau. Sa mère a gémi, Quel dommage – et parlé de crème fouettée, de meringue, d'un coulis de framboise. Il a senti sa déception et déclaré, Le sucre m'est défendu.

Il a raccroché, est sorti de son studio, a traversé le jardin, marchant par inadvertance sur la bordure de lobélies et capucines, a lancé, Oh pardon – mais les lobélies n'entendent pas, les capucines font la sourde oreille. Le monde est vide sans les humains qui pourtant ne l'habitent qu'à peine – a-t-il murmuré, l'air morose.

Lui toutefois se tenait là, solide. Du moins c'est ce que prétendaient les siens. Là pour Milo, Ernst et Fiona et même pour le frère de son père qui lui demandait conseil. Pour sa mère qui ne cessait de proclamer ce qu'il était (son soutien) ce qu'il serait (son bâton de vieillesse). Et puis du côté maternel, Irène Éliane Georgette.

Il avait agi en bon chef de famille. Dix-sept ans à la mort du père. Une chance pour moi de t'avoir, reconnaissait sa mère qui pourtant déclarait dans ses mauvais moments, Ton père est mort par ta faute (si tu n'étais pas parti en balade, si cela ne l'avait pas obligé à aller chercher le pain). C'est en allant chercher le pain sur un scooter délabré que son père avait fait une mauvaise chute. Et lui ayant pris des vacances pour la simple raison qu'il voulait voir les vagues. Devant l'océan rencontrant sur la plage cette fille, son premier son unique amour.

Depuis il s'était occupé de ceux qui s'en remettaient à lui. Sa sœur Fiona, son frère Milo, le petit Ernst. Et les autres. Des oncles peu doués en affaires, des cousins qui optaient étourdiment pour les situations difficiles et que son père avait toujours aidés. Les tantes qui au moindre problème réclamaient un avis. Toi mon grand qu'en penses-tu ? Toi si prudent si sage, tu es d'accord ?

Mais il avait quarante ans et dès demain sa vie changerait. Au réveil, ce matin d'été, il avait soudain résolu que ça suffisait, désormais tout serait différent. Sa mère revenant à la charge – tante

Anniversaire

Éliane les invitait pour le repas du dimanche – s'était abstenue d'ajouter, On fêtera ton anniversaire. Elle avait dû craindre qu'il proteste, il détestait les célébrations.

Loin là-bas l'attendait son amour de jeunesse. Il irait. Vers cette fille qu'il avait choisie. Un choix encore sans suite, un désir trop longtemps contrarié parce qu'ici on avait besoin de lui. Mais il irait, il parlerait. Elle laisserait la vaisselle dans l'évier, les pommes de terre sur la feuille de journal pelées seulement à moitié. Elle n'exigerait qu'une minute de patience, Juste le temps d'ôter mon tablier et d'enfiler mon pull de nouer mon écharpe. Je prends mes bottes ou mes sandales ?

Il dirait, Eh bien, je suis venu. Du ton de l'homme enfin sûr de lui. Vois, l'océan est immense le temps est à nous maintenant, toi et moi ne nous quitterons plus. Fini les agapes chez tante Éliane, le gâteau à partager, pour qui cette énorme tranche, Fiona ou Milo ou Ernst. Dans le cours naturel des choses les enfants passaient en premier. Il avait aidé à les élever, beurré des tartines distribué les barres de chocolat, joué un rôle modeste dans leur éducation (tu les conduis à l'école, tu dis au maître que Milo s'il danse d'un pied sur l'autre c'est qu'il veut faire pipi), donné son avis dans le choix des loisirs (crois-tu que le petit Ernst développera ses poumons à jouer au rugby ?).

À elle il expliquerait. Qu'il avait soutenu sa mère restée veuve avec quatre enfants dont trois encore en bas âge mais qu'il cesserait désormais de gaspiller son énergie pour des parents plus ou moins éloignés convaincus que tout leur était dû. Même Fiona, Milo, Ernst auraient à perdre l'habitude de le considérer comme un père. Elle approuverait. Sans jamais parler du devoir, d'abnégation, de sacrifice. Elle lèverait vers lui son regard clair elle dirait, Tu as raison, vivons pour nous seuls.

Pour nous seuls dans le bruissement des vagues. Elle descendait chaque jour sur la plage et ôtait ses sandales. Ils marcheraient pieds nus au bord de l'eau. Ils iraient au café du port boire le verre des retrouvailles. Elle aurait jeté ses savates sous la table ignorant l'écriteau en travers de la vitre, *Prière de se chausser avant d'entrer.* Tu crois que le patron du bar a signé un contrat avec Myris ou eram ou Bally ? Elle dirait encore, Les sirènes hé, comment s'en tirent les sirènes qui n'ont pas de jambes ?

Bavardant, un babillage de fillette solitaire ravie de découvrir l'intérêt qu'on lui porte. Elle n'était plus une petite fille. Elle avait l'âge de l'amour. Ensemble ils reviendraient vers cette maison où elle vivait, où elle avait attendu. Elle attendait, il lui ôterait sa robe, elle dirait oui, il ne demanderait pas elle dirait oui sans qu'il pose la question. Oui, et tante Éliane n'aurait rien à objecter, tante Éliane n'en apprendrait rien, ce serait dans ce lointain pays. Et cousine Georgette et Irène n'en apprendraient rien elles non plus. Ni oncle Germain. Ni Fiona ni Milo. Ni Ernst.

Mais que savait-il d'elle et de sa vie ? Elle n'avait plus quinze ans plus vingt ans elle en aurait bientôt quarante, était mariée peut-être. Non, pas de mari pas d'enfants, il en décidait ainsi.

Maman, écoute, l'entreprise se déplace. Qu'y puis-je, ça s'appelle délocalisation. L'entreprise qui l'employait s'en irait il suivrait ou perdrait son emploi. Supposons que l'entreprise s'établisse sur la côte. Il suivrait de son plein gré, sa bonne volonté lui vaudrait de l'avancement. Maman je pars, j'ai rencontré — ou plutôt, Maman je pars, on m'offre un job beaucoup mieux rémunéré. Cette fille qu'il retrouverait le soir aurait préparé le dîner. Ou bien elle aurait oublié et il dirait, Qu'importe, allons au restaurant. Il contemplerait l'océan qui dans sa belle indifférence le libérerait de ce qui demeurait pour lui une question dérangeante, As-tu fait tout ce que tu pouvais ?

Milo se mariera le mois prochain. Fiona collectionne les amoureux elle a encore besoin qu'on la protège. Quant à Ernst il a bien grandi. Maman, écoute. Oui mon garçon, je sais, tu veillais sur eux quand ils étaient petits et tu as continué. Tu ne leur as jamais refusé ton appui. Tu te souciais de tes proches à l'exemple de ton père conseillant Éliane, secourant Georgette et les autres, répartissant ses attentions entre des adultes inquiets et les plus jeunes qui cherchaient leur chemin. Tu l'as remplacé. De ton mieux. Maintenant tu peux respirer, te distraire. Voyager pendant les vacances. Mais pas ce dimanche, tante Éliane compte sur toi.

Il n'irait pas chez tante Éliane. Il irait vers cette fille là-bas, il ouvre les bras il sent la caresse des mains fraîches, mais non c'est le vent, il respire un souffle au goût de sel, non c'est le vent. Ce corps léger il s'efforce de le saisir, de le presser contre lui mais c'est encore seulement le vent. Comment remonter le temps —

Il la reverrait. Il téléphonerait. Il écrirait.

Où ? À qui ? Ce nom cette adresse il ne les a pas inscrits sur les lignes d'un agenda. D'abord par goût du secret. Et puis parce que c'était pour lui un nom une adresse qu'il n'oublierait jamais. D'où lui venait désormais cette amnésie ? Ça datait de quand ? Ça prouvait quoi ? Oublierait-il aussi un jour les noms des tantes oncles cousins cousines, de ses frères et de sa sœur qui ne tenaient debout qu'en s'accrochant à lui ?

Impossible. Eux c'était le réel. Les enfants jouant au jardin. Père rafistolant son deux-roues pourri. Qui resterait un peu plus longtemps en service. Les études du fils aîné coûtaient cher, et voilà que pour ses dix-sept ans ce fils annonçait qu'il

Anniversaire

voulait des vacances, il en a grand besoin c'est vrai. Je te donne l'argent du voyage. Disait père remettant à plus tard l'achat d'un nouveau scooter. Cet engin roule toujours, oui j'ai réparé, ne te tourmente pas mon petit.
    En haut de la pente les freins avaient lâché.

    Il ira. Chez tante Éliane. Il mangera sa part de gâteau, les fruits confits. Les décorations en sucre candi. Il portera un toast à la famille unie.
    Tante Éliane insistera – disent-ils – pour que ce gâteau de fête il en prenne un autre morceau, le refuser la chagrinerait. Il s'alourdira. S'enrobera de sucre et de pâte et de crème.
    Demain sera comme aujourd'hui.

Une place pour chaque chose

Tout le monde ne sait pas fabriquer une bombe et régler le mécanisme afin que ça explose au moment choisi. Je ne sais pas. Lui savait. Il a fait son service militaire comme sous-lieutenant dans le génie, et moi comme deuxième classe du train des équipages. De retour à la vie civile il a continué à s'exercer.

Je n'ai pas envie de manipuler une bombe, je ne vois sur terre ni homme ni femme que je déteste suffisamment pour prendre la peine et le risque de le/la semer à tout vent.

Lui il avait une épouse à tuer.

Il était mon ami d'enfance. On avait rencontré Jeanne en fêtant un anniversaire chez des copains de régiment. D'un sourire elle m'avait séduit mais c'était lui qu'elle voulait. J'ai été garçon d'honneur à leurs noces. Je n'aime pas les noces. On envie on doute on plaint on félicite, on ne sait pas sur quel pied danser.

On danse. J'ai valsé. Avec Jeanne en robe de satin. Je l'ai écoutée me confier qu'elle adorait son mari. J'ai bu pour me consoler.

Quand je l'ai revu lui c'était deux ans plus tard. Il m'a raconté vingt-quatre mois de torture (cent quatre semaines, sept cent trente jours, dix-sept mille cinq cent vingt heures). Depuis leur mariage Jeanne et lui ne se quittaient pas, ils assuraient de concert la gérance d'une supérette. Jeanne se lamentait sans cesse, elle n'avait jamais connu quelqu'un d'aussi désordonné. Au magasin elle le gardait sous surveillance, les manutentionnaires se chargeaient du bon ordre des rayonnages. Elle tenait la caisse. Il s'occupait de l'approvisionnement. Il expédiait les commandes mais toujours après que Jeanne eut décidé. Jeanne était autoritaire et déplorait son insouciance.

Je croyais l'entendre, Chéri tu as oublié de ranger tes chaussures, ah tu cherchais ton portefeuille, le voici, tiens j'ai trouvé ton stylo, ton livre dans, tes lunettes sur, ta cravate au, le bouchon du tube de dentifrice parmi les bibelots du salon, le bon de livraison entre les pages du journal. Il disait, agacé, Excuse-moi merci. Dans la boutique les marchandises trop bien alignées l'incommodaient, il a raccourci son temps de présence, se réfugiant au fond du garage pour y bricoler en paix dès que ses bordereaux étaient remplis.

Une place pour chaque chose

Jeanne était une fanatique du rangement. Lui un étourdi. Un je-laisse-tout-traîner-et-alors-quelle-importance. Elle supportait mal cette manie qu'il avait de foutre le bordel partout où il passait.
Moi ça ne me choque pas. Je suis pareil.
Sauf que lui savait fabriquer une bombe.

Je l'écoutais qui me parlait de Jeanne avec acrimonie, non elle ne disait plus « mon chéri ». Le, Voyons mon chéri tu devrais — devenait, Bon sang quand vas-tu donc — et sur un ton plein de hargne, J'en ai assez.
Lui aussi en avait assez. Il baissait la tête. En sept cent trente jours et quelques plombes la voix mélodieuse de Jeanne était devenue l'aigre voix d'une mégère. Il a marmonné, Je veux en finir.
S'il avait évoqué un voyage outre-Atlantique qu'elle avait en projet et avoué qu'il envisageait, lui, de mettre une bombe dans sa valise j'aurais pu le sauver. Je me serais fait le défenseur des passagers qui s'envoleraient avec Jeanne, disons : le papa gâteau revenant de traiter à Paris une affaire d'import-export (louche ? pourquoi pas, ça n'entrait pas en compte) et rapportant à ses enfants une tour Eiffel en nougat, la grand-mère qui allait retrouver son fils et son petit-fils (dealers à Brooklyn, peut-être, mais aussi bien des travailleurs honnêtes), les marchands aux yeux bridés regagnant Chinatown et qui avaient ou n'avaient

pas de contrefaçons sur la conscience, le juge de la Cour suprême qui était ou n'était pas un agent double d'une puissance étrangère et dans le doute mieux valait s'abstenir. Que sais-je. J'aurais aussi expliqué qu'il courait le risque que les détecteurs de l'aéroport signalent quelque chose de suspect. Sauf en cas de sévère myopie ou sous la dépendance d'une passion ravageuse ce préposé aux bagages le regard fixé sur l'écran aurait refusé le feu vert à la valise.

En supposant que mon ami de toujours m'ait révélé ses intentions criminelles, je l'aurais retenu. Je lui aurais démontré que son rêve d'un bonheur tranquille tournerait au cauchemar. Il m'a seulement dit que Jeanne voulait rendre visite à sa cousine Esther qui vivait à New York. J'ai commenté, Ça te donnera le temps de souffler un peu, tu t'offriras le plaisir de te vautrer dans le désordre et la pagaille, de fourrer les choses n'importe où, de perdre des heures à les chercher, tu en viendras à souhaiter le prompt retour de ta femme. C'était pour l'apaiser que je parlais en ces termes. Mon désordre à moi ne me tourmentait pas.

Il a souri.

Un mec qui décide de crasher un avion, de bousiller ses occupants pour se débarrasser de son épouse c'est un monstre ou un malade. S'il avait été un monstre je l'aurais su. Autrefois quand on

Une place pour chaque chose 53

jouait dans la cour de l'école il prenait toujours grand soin de ne pas écraser les fourmis.

J'ai reconstruit l'aventure d'après ce que Jeanne m'en a confié. L'histoire du paquet-cadeau, un paquet enrubanné à n'ouvrir (promis ?) qu'à New York. Le départ en voiture pour l'aéroport, lui au volant, Jeanne à son côté, la valise dans le coffre, le cadeau dans la valise.
Et puis.
J'imagine aisément la scène. En route il s'arrête devant un bar-tabac, J'ai oublié mes cigarettes. Jeanne ronchonnant, Tu auras encore semé ton paquet de gitanes à la cave ou dans les w.-c.
Profitant de sa courte absence elle a ouvert le coffre et ouvert la valise, en a retiré le cadeau qu'elle ne pouvait accepter puisqu'elle avait pris la ferme décision de ne pas revenir de voyage, de quitter définitivement son insupportable mari, abandonnant leurs possessions communes, la maison en ordre (pas pour longtemps) le petit commerce (qu'il allait saccager). Elle disait que ce coffre était un vrai capharnaüm, qu'elle avait fourré le paquet au milieu des chiffons pleins de cambouis. Sous le ruban qui entourait la boîte elle glissait sa lettre d'adieu. J'y avouais, continuait Jeanne, que je souffrais trop de sa négligence. Le cadeau – m'a-t-elle confié – je me doutais que c'était un réveil de voyage, je l'avais remarqué

dans un catalogue, il m'avait dit, C'est une surprise, tu t'en serviras à New York. J'ai regagné très vite mon siège, déclarait-elle, il est sorti du bar-tabac en fouillant ses poches, il ne savait déjà plus où étaient les cigarettes.

Mais le cadeau est dans le coffre. Jeanne, voilà ce qu'elle raconte. Elle parle en toute innocence, Je n'ai rien vu dans ce coffre que le bazar habituel. Moi je pense à mon ami qui sur le chemin du retour a dû soudain regarder sa montre et se dire que dans un instant il serait veuf. Jeanne désormais sans exigence, entre deux eaux flottant à la merci des courants marins c'était pour lui une vision réconfortante. Qu'elle flotte en compagnie des deux cent quatre-vingt-dix-neuf autres passagers plus l'équipage je n'ai pas l'impression que ça l'ait tracassé.

Jeanne a conclu son histoire en ajoutant qu'à son retour – précipité puisqu'elle a dû rentrer d'urgence pour l'enquête et l'enterrement – elle a bien sûr découvert les pantoufles de son époux au beau milieu de la salle à manger. Ce jour-là, le jour du départ, elle avait relâché sa vigilance. Elle demande, Mais qui aurait pu lui en vouloir au point de piéger sa voiture ? Et lui en vouloir de quoi ? J'étais seule à subir son désordre. Elle dit qu'il n'avait pas d'ennemis, que ça devait être une erreur de cible. Un attentat manqué.

Pendant des mois heure après heure elle avait

fait de vains efforts pour obtenir qu'il adopte une place pour chaque chose et que chaque chose soit à sa place. Qu'il n'en ait pas tenu compte c'est tout ce qu'elle lui reprochait.

Jeanne, je la trouve encore très belle. Je ne suis pas sûr de résister longtemps à son charme.
Elle est restée méticuleuse.
Je range.

Coup de fusil

D'abord on ne voyait que la brume. Pas un arbre, pas un sentier.

Puis ça s'est déchiré. Il y avait la maison et le chien qui grognait et plus loin, à deux cents mètres, le petit bâtiment de l'administration. C'était là.

Le chien s'agitait. Gémissait. Se blottissait dans sa niche. Avait l'air effrayé.

L'inspecteur repoussant les papiers a dit, Ce n'est que de la littérature. De la littérature sur l'art.

Un colloque. Les tendances variées de l'art en cette grisaille de fin du siècle.

Simple bavardage à vrai dire. Les harangues des plasticiens rassemblés au château qui échangeaient maints propos aigres-doux. Tout y passait. Points de vue penchants écoles chapelles. Manifestes. S'y ajoutaient les recettes de cuisine et les prévisions météo pour la semaine qui allait suivre. On aurait pu rire de ces gens pompeux, solennels, proclamant des choses évidentes ou futiles. Pourtant il y avait un homme mort dans l'histoire.

*

Marceline avait vu. Elle avait lâché le seau et le balai. Elle était immobile.
Disant, Ha et puis Haha. Toute pâle.
Elle ne s'appelait peut-être pas Marceline mais qu'importe.
C'est dans l'histoire.

*

La frontière était très proche. Avec ses douaniers. Le gardien du parc et les douaniers s'entendaient bien. Chassaient ensemble. Quand une brigade de douaniers avait terminé son service. Tandis qu'une autre la remplaçait.
C'était dans ou hors l'histoire ? L'inspecteur annonçait une enquête. Le gardien se défendait d'avoir montré de la négligence. Il était grand et maigre. Il mangeait copieusement. Marceline lui servait de la carbonnade. Il était chargé d'interdire qu'on circule en auto dans le parc, d'imposer diverses contraintes. Cyclistes à pied chiens en laisse. Des enfants passaient et volaient les pommes.
Le gardien avait un protégé. Un type qui venait

de son village chaque matin sur sa mob pour l'aider à de petits travaux comme rassembler les feuilles jaunies tombant en octobre et novembre recouvrant l'herbe et le gravier. Un peu demeuré, ce gars. Le dernier fils d'un couple imbibé de genièvre.

*

Il disait – le protégé, et c'était dans l'histoire – qu'il en avait assez de ces filles du bureau, gloussant, tapotant leurs claviers. Faudrait bien qu'une fois un mec se décide à les défoncer. Ce serait un drôle de jeu. Ajoutait-il.

C'était un garçon débile et qui, dès qu'on oubliait de lui indiquer ce qu'il devait faire, se hâtait de glisser les doigts ici et là contre une lame de faucille ou sous le couperet d'un outil. Le sang coulait.

Ce jour-là le sang coulait et Marceline lâchait le seau en poussant un cri aigu. Ça ne s'est pas entendu de la maison principale où les artistes tenaient colloque. Il y avait le peintre abstrait et l'autre très minimaliste et l'autre encore qui défendait l'art pauvre.

La discussion s'animait. Les voix s'élevaient jusqu'au ton de la dispute. Les douaniers ont voulu être mis courant, ont demandé, De quoi parliez-vous ? L'inspecteur à son tour posait la même question. Ils ont dit, Oh de choses ordinaires.

*

Le gardien à la cuisine buvait un café corsé. Prétendant avoir trouvé l'endroit où nichait l'épervier. Un bon mètre d'envergure, se nourrit de moineaux et de rongeurs. Cette année-là les oies sauvages s'envolaient très tôt vers le sud. Ça voulait dire qu'il ferait froid. Un hiver de frimas et de glace.

On se préparait. On s'équipait en foulards et en manteaux. Aux boutiques de la frontière. On vérifiait les radiateurs. On prévoyait un remplissage prochain de la cuve à mazout.

La commande électronique des appareils de chauffage était fixée au mur au-dessus de la table. Sous la table il y avait un mort.

*

Marceline montrait fièrement sa veste de cuir achetée au rabais près de la guérite des douaniers, dans l'entrepôt du no man's land où les taxes sont réduites.

Mais c'était avant. Les artistes n'occupaient pas encore les lieux. Aujourd'hui Marceline renversait le seau et criait.

Les artistes évaluaient le prix de leur travail, ce

qui reviendrait à chacun quand tout serait vendu et les frais payés.

Il y avait un mort. Sans lui ç'aurait été juste un dernier jour de colloque. Marceline aurait renversé le seau et soupiré en voyant l'eau de lessive couler vers le joli tapis étalé dans le bureau pour la visite du contrôleur des sites. Elle aurait épongé l'eau.

*

L'homme de peine souriait, ravi. Sa mob n'avait pas calé il était arrivé à temps pour accompagner les douaniers à la chasse. On lui a mis entre les mains le vieux pétard qu'on avait déchargé. Le gardien et les douaniers disaient entre eux que c'était une question de simple prudence, une façon de ne prendre aucun risque. L'histoire met en scène un homme qui ne sait guère où il en est, qui ne prévoit rien, qui ne réfléchit pas.

Il disait, Ces filles au bureau qui sont là caquetant comme des poules et moi je peux pas les bourrer. Il disait aussi, Regardez ce connard vautré dans le fauteuil et gobant les mouches.

*

Marceline a vidé le seau. Dans la maison les plasticiens ont longuement délibéré sur la question de savoir qui sortirait les poubelles.

Le cadavre est celui de ce type qui est venu frapper à la porte du bureau. Les filles disent qu'elles l'ont vu arriver bien vif et enjoué. Il a déclaré aussitôt qu'il attendrait le directeur, elles l'ont laissé entrer. Le directeur était au colloque, s'appliquant à donner un avis circonstancié sur les règles du pop'art. Le pop'art n'a pas de règles.

Les filles s'en moquaient. Elles étaient employées pour taper des lettres, classer le courrier. C'était l'heure du déjeuner. Elles avaient juste le temps de courir jusqu'au bistrot manger un sandwich et boire une bière blanche.

*

Marceline a rincé le seau. Un peu d'eau s'est répandue sous la table à l'entour du cadavre. Si les douaniers ce matin n'étaient pas allés à la chasse, s'ils avaient pris leur service, ils auraient su comment se comporter, relevé la trace du sang. Le chien n'a pas aboyé.

Deux douaniers campent près de la guérite, épiant le retour des chasseurs. Képi, liseré rouge bordant la couture du pantalon de serge noire ils se tiennent assis au flanc du talus, un peu raides. Ils conversent.

Déclarant que sur cette frontière c'est une planque d'être douanier. Jamais de crime, jamais d'embrouilles. On dit, Papiers, on dit, Passez. On dit, Beau temps aujourd'hui.

*

Le colloque va s'achever. Les participants ont décidé que l'art n'est pas un métier l'art porte en lui sa justification a conclu le dernier orateur, on discute encore un moment d'installations vidéo et puis du nouveau réalisme.

À la chasse le protégé du gardien a tiré un coup de fusil. Ne savait pas que le fusil pétaradait sans rien lancer. Est revenu balayer les feuilles.

L'homme mort est dans le bureau. Il y a le sang de l'homme et le sang du demeuré disant s'être écorché la main sur le guidon de sa mob. Un sang très riche en alcool. De genièvre. Pas de trace ayant révélé l'intervention d'un artiste ou d'un douanier. Non plus du gardien. Assermenté. Ni d'aucune de ces trois filles qui se fichent du conceptuel. Mais des empreintes accusant le débile. Il a répété, Oui quoi, j'ai saigné.

Il a dit aussi, Ben oui je l'ai tué. Il parlait peut-être d'un faisan. On a décidé qu'il parlait de l'homme tombé du fauteuil jusque sous la table. Ça arrangeait tout le monde. Le gardien les plasticiens les douaniers. On a étouffé l'affaire. On a mis le demeuré à l'asile. Chacun avait au préalable signé une déclaration qui servirait pour le jugement. Marceline a rangé le seau dans le placard. La maison restait belle et propre. Au sol plus une éclaboussure.

Il est dans le quartier des irrécupérables. Où sont essayées des drogues à l'effet euphorisant. Souvent ça le fait rire. Parfois il se renferme. Parfois il dessine. Un homme sous une table. En quelques traits sommaires.

L'histoire est terminée. On a fouillé partout. Même dans les ordures ménagères. On n'a pas retrouvé le fusil. On n'a jamais pu savoir qui avait ce jour-là sorti les poubelles.

Ça va passer

Je vous coupe les queues, a dit la marchande de fruits et légumes serrée à déborder dans son corsage. J'ai été tenté de répondre que j'en avais qu'une et ne tenais pas à ce qu'on me la coupe je n'ai pas osé. Enfonçant dans mon sac Franprix mes poireaux équeutés j'ai dit merci. Pas facile de se comporter en mec vulgaire et marrant quand on n'a pas l'habitude. Quand on est considéré comme un homme sérieux et bien élevé.

Les poireaux pour une soupe (aux poireaux) qu'il s'agissait de préparer d'urgence. À cause de la gamine. La Zouze. Ma fille. Sa mère me l'a expédiée pour le week-end. Mariane veut se libérer afin de pratiquer le squash dans la nouvelle salle du centre de loisirs avec son nouveau copain. Et la petite a toujours dit depuis qu'elle a l'usage de la parole que la soupe c'est bon pour les enfants, d'accord, mais le potage en brique – Knorr ou Liebig ou quoi – non elle aime pas.

J'aime pas, elle lance. Et c'est réglé. Ça signifie inutile d'insister donne-moi des nouilles. Si je l'écoutais elle ne mangerait que des nouilles. Je ne vais pas rendre demain soir à sa mère une gamine de huit ans au ventre bourré de pâtes. Même fraîches. Bonne journée chez papa ? Ouais. T'as bien mangé ? Ouais, des nouilles. Ce sera classé encore une fois à la rubrique Incompétence du père.

C'est vrai que je ne suis pas doué. Dans l'ensemble. Excepté en informatique. Ce qui au moins m'assure un bon salaire. Question vie pratique y a des bugs. Arpentant mon trois pièces-cuisine de mec redevenu célibataire je cherche où j'ai bien pu fourrer ci et ça, ma cravate mes chaussettes et la vie de tous les jours se déroule sur fond de vaisselle à tremper depuis que Mariane m'a éjecté du domicile conjugal qui est resté son territoire. Les dimanches me semblent longs. Les dimanches sans la Zouze. Quand la Zouze est là je ne risque pas de m'ennuyer.

Mariane, je l'ai rencontrée chez un ami. Un soir. On fêtait une promotion. Celle du frère de la femme de l'ami, jeune cadre au Crédit Mutuel.

Mariane était l'amie du frère. C'est un peu compliqué il en est résulté que le lendemain matin Mariane et moi, après un dîner arrosé et l'obligation où je me suis trouvé de la reconduire jusqu'à son appart vu l'état déplorable du frère de la femme de l'ami on s'est réveillés dans son lit (à Mariane). Et seulement à deux rues de l'endroit où il vivait (le frère). Quand j'ai demandé ce qui arriverait s'il l'apprenait elle a dit, Aucun homme un peu sensé n'a jamais imaginé que j'étais du genre fidèle.

Touché, j'ai songé. Prévenu. Donc je ne croyais pas qu'elle et moi ça durerait. Une aventure. Fulgurante. En fait ça a tenu cinq ans. Le temps que mettrait un vaisseau spatial pour atteindre Mars et en revenir et ce serait suprêmement idiot d'entreprendre un tel voyage sans même se donner une heure pour explorer investiguer ramasser des cailloux des échantillons manier la caméra — me voilà encore qui déraille. Donc cinq ans. Et deux semaines. La petite est née après onze mois de vie commune. Je l'ai reconnue à sa naissance.

Reconnue, ça ne veut pas dire grand-chose. J'ai reconnu qu'elle venait d'un de mes spermatos. Ce qui n'était pas absolument certain. Toutefois il y avait de bonnes chances. Je lui reconnaissais aussi mes yeux très pâles. J'avais beau laisser défiler dans ma tête une théorie de mecs que Mariane aurait pu rencontrer je n'en repérais pas un avec ces yeux-là. D'un bleu si pâle. Bientôt je n'ai plus cherché. C'est ma fille. Elle est chiante. Je l'adore.

Elle m'est arrivée en extra ce week-end du squash. Un bonus. Pas un vrai week-end papa, comme elle dit. Les week-ends papa, deux fois par mois, nous allons voir ma mère enchantée de l'aubaine et de l'occasion de râler contre Mariane (La pauvre petite comment elle la fringue. Et ses cheveux, tu crois qu'elle lui apprendrait à se peigner). Pour ma mère Mariane a tous les torts moi je suis un bon garçon, maman a fait ce qu'il faut pour ça. Elle ne râle pas devant la gamine. Maman et la Zouze s'entendent bien. Je ne sais par quel hasard le prénom de la môme, Anne-Lise, s'est transformé en ce surnom insolite. N'importe. Inutile de protester, elle s'appelle la Zouze et elle en est fière.

Ce n'est pas un week-end papa habituel et ma mère est partie en cure. J'assume. La Zouze a mangé sa soupe aux poireaux. Et une platée de nouilles-jambon haché. Ensuite elle a bâillé. (Ta main devant ta bouche, Mariane aurait dit.) Puis elle a déclaré, On regarde la télé.

La Zouze devant la télé ça paie. Elle se met en rogne contre les personnages des films ou des séries. Hey toi t'es allumé ou quoi ? Tu racontes que des bêtises. Dégage. Elle piaille et déjà c'est une autre image et une autre une autre une autre ça l'embrouille dans ses commentaires. Je lui dis, Arrête, et puis je pense à Mariane et à ses réprimandes et je corrige, Vas-y la Zouze. Défoule-toi. Qu'est-ce que ça veut dire, elle demande. Je me contente de marmonner.

Hier encore la Zouze était toute petite et voilà qu'elle entre au collège, elle se met à parler des « familles éclatées ». Ce sont les mots de la psy qu'elle voit une fois par semaine. Mariane a décidé que c'était un must pour éviter que l'enfant connaisse l'échec scolaire. Parce que ses contrôles en maths et sciences sont plutôt faibles, elle n'a pas le goût de l'effort. Une psy à trois cents balles la séance. Mariane m'enverra la note en fin de trimestre. Mariane c'est la sagesse même et puis l'organisation, elle ne pratique plus le squash, maintenant elle fréquente le terrain de golf.

À chaque week-end partagé la Zouze me paraît un peu plus grande.

L'été, je l'emmène en vacances. Sur une plage. D'abord elle construisait des châteaux de sable. La saison suivante elle ramassait des coquillages. Puis c'était l'époque des sourires aux garçons et des Bouge pas t'es cuit je te passe de la crème, tripotant des dorsaux juvéniles. Et enfin elle s'est découvert une nature contemplative. Avec un certain mépris pour ce qui l'enchantait jusqu'ici.

Dès les premiers froids elle est péremptoire, mijoter une soupe aux poireaux c'est ringard faut pas se cramponner à de vieilles habitudes, tellement plus cool d'ouvrir une brique. Knorr ou Liebig. La Zouze se penche sur ses devoirs. C'est la première fois que ça lui arrive. Du moins en week-end papa. Elle dit, J'ai compris que dans la vie on ne doit pas ménager sa peine (Mariane). Ou bien on manque de repères et ça pose des problèmes (Mariane ou peut-être la psy). Je dis qu'elle devient raisonnable. Elle me sourit, elle remarque, Il serait temps à mon âge (Mariane, indubitablement).

L'éducation ça finit par coller à la peau. Et déjà à la sienne qui est neuve et fraîche et qu'elle inspecte chaque matin dans la crainte d'y découvrir un bouton. Elle a retenu les principes que Mariane lui assène sans se soucier un instant s'ils correspondent à l'exemple donné. Je brûle d'envie de lui lancer, Écoute, la Zouze, ma chérie mon amour, réfléchis. Comment elle vit, ta mère ? Elle ne fait rien de ses dix doigts, elle jouit des revenus de la fortune que lui a laissée son père et de ma pension alimentaire. Je me raconte ça dans ma tête, un beau discours que je garde pour moi. À voix haute j'approuve tout ce que la Zouze déclare, Tu as raison, obéis à des règles. J'essaie moi aussi. Je travaille et puis je range. Éternellement je classe des bouquins des papiers. Oui, juste un instant. Non, pardon, je cherche un reçu. Disons un récépissé. Où est donc mon carnet de chèques (ma carte bleue ma Vitale verte de la Sécu que j'avais pourtant remise à sa place). L'ordre et la méthode, c'est vrai, me simplifieraient l'existence. J'overdose. Je vais m'imposer un plan.

Devant ma bonne volonté la Zouze manifeste de l'indulgence. Si tu foutais moins le bordel par un manque de rigueur regrettable je suppose que maman t'aurait pas mis dehors. La Zouze s'attendrit et annonce, Je crois qu'elle tient à toi. Mais elle a pas su te le dire. Défaut de communication.

Au début du printemps la Zouze déclare, Je suis contente de venir vivre ici tandis que maman part pour ce long voyage. Elle et moi ça n'allait plus très bien. Son type me tapait sur les nerfs et maintenant il l'embarque, tant mieux mais ça n'a jamais été son genre. Je me demande, soupire la Zouze avec son air si raisonnable, comment ça se terminera.

Sa mère a emporté une partie de ses affaires. La Zouze a examiné les restes, petits foulards colliers bricoles. Elle annonce, Je lui ai emprunté des bijoux flashants. Tiens j'ai vidé la commode il y avait une photo. Tout au fond du dernier tiroir. La Zouze cherche dans son sac de classe. Je vais te montrer, un mec plutôt pas mal, peut-être son amour caché. Bizarre, dit-elle encore, ce portrait je ne l'avais jamais vu. Maman est clean, dans sa chambre rien ne traîne.

Elle sort la photo la glisse vers moi. Face contre la table. J'hésite. Je retourne le cadre. C'est un homme d'une quarantaine d'années. Il sourit. Ses yeux sont bleus. D'un bleu remarquablement pâle.

La Zouze me regarde et se trouble. Elle enfonce la photo parmi ses livres et ses cahiers. Elle dit, Qu'est-ce que t'as. Un malaise ? Tu manges trop gras. Je te prépare un bol de tisane. Bio, veux-tu ? Et puis elle murmure, et dans ses yeux pâles – si pâles – je vois croître l'inquiétude, C'est rien. Respire un coup. Doucement. Ça va passer.

Faire suivre

Ma chérie je te demande pardon. Si j'ai été un peu brutal c'est que je t'aime et que soudain j'ai eu envie de toi, une envie irrésistible.

Ce jour-là l'homme tranquille s'est changé en sauvage. Pourtant il n'avait pas bu. Sa mère à elle l'avait toujours mise en garde contre les hommes qui boivent. Son père buvait. Elle avait été conçue un soir après une cuite. Bouteilles vidées copains partis le père est monté dans la chambre. La mère dormait. Il lui a écarté les jambes. Surprise dans son sommeil la mère a hurlé pendant qu'il la forçait, allait venait, éjectait son sperme. Se redressant l'épouse a rejeté brusquement son mari qui a basculé contre la cheminée. Traumatisme. Fracture, coma. C'est facile de tuer.

Plus de père. Une mère qui se sentait coupable. Elle, la fuyant. Et fuyant les hommes.

Elle avait été en classe une élève modèle. Appliquée, docile. Maman la maîtresse a dit. Puis au collège, Mais maman le prof a dit. Et au lycée professionnel, Maman le conseiller d'orientation. Ah. Comme tu voudras. Elle s'est débrouillée de son mieux. La fille. Pendant que la mère traînait de psychologues en psychiatres avalait les cachets comptait les gouttes, décidant que ce nouveau remède lui ferait sûrement du bien. Quand j'irai mieux on. La fille écoutait vaguement en révisant ses cours.

Elle a passé des examens. Avec succès. Elle a été engagée aux Télécoms. Ça n'était pas mal payé. Une fille réservée, mince et blonde. Parfois des garçons la regardaient, souriaient. Elle souriait et tournait la tête.

Il y a eu Hernan. Elle l'a rencontré par hasard. Il chargeait son caddie de bouteilles de Badoit. Chez Ed. Il ne buvait que de l'eau. Elle se hâtait de finir ses achats, sans doute espérait-elle être rentrée à l'heure des infos. Ou de son feuilleton favori. Qui parlait d'amour, probable. Hernan était devant elle à la caisse. Elle a laissé tomber son porte-monnaie les pièces roulaient ici et là. Il les a ramassées les lui a rendues en disant, Ça ne pousse pas. C'était bête elle n'a rien su répondre. Il lui a donné les cinq francs qui manquaient.

Ils se sont revus le lendemain, elle n'a pas fui.

Faire suivre

Hernan était manutentionnaire chez Ikea. Elle suggérait qu'il aurait pu changer pour un meilleur emploi. Mais il disait que ça lui convenait, le travail des muscles. D'ailleurs il n'était là que pour un temps, ne tenait pas à s'installer. Il avait les yeux sombres, mesurait un mètre quatre-vingts et pesait quatre-vingt-cinq kilos. Il était calme, sans exigence. À chaque jour suffit sa peine. Ou son bonheur. Il pratiquait le foot et le vélo. Pour lui elle a regardé le foot et roulé à vélo.

Ce jour-là l'homme tranquille — C'était deux mois plus tard, Hernan avait su ne pas précipiter les choses ce qui aurait été facile puisqu'elle vivait seule désormais dans l'appartement qui lui venait de ses grands-parents. Hernan l'a d'abord embrassée puis déshabillée caressée, elle a frémi a hésité, a cédé. Soudain Hernan semblait fou mais elle a supporté. Trouvant que faire l'amour c'était bizarre. On a beau lire des confessions, écouter des confidences, se méfier des paroles d'une mère névrotique, quand pour la première fois un homme vous pénètre on se demande si on vit là vraiment une expérience exceptionnelle ou si l'éblouissement annoncé n'est qu'une histoire qu'on se transmet entre copines sans oser avouer une déception. Ça viendrait sûrement à la longue. L'orgasme. Ce n'était qu'affaire de patience. Hernan n'a rien dit. Il a recommencé. Et puis encore et encore. Elle soupirait. Une fois elle a voulu raconter ce qui était arrivé à son père. Sa mère le repoussant avec une telle violence que. Non, elle n'y penserait plus. Hernan s'obstinait. Elle demeurait passive. Elle a dit, C'est ma nature, je n'ai pas trop de goût pour le sexe. Alors il s'est lassé.

Mais il restait doux et affectueux. Pas de mauvaise humeur, pas de reproches. Elle a appris qu'il avait une maîtresse. D'abord ç'a été un choc. Et puis elle a réfléchi. Le désir c'est naturel chez les mâles.

Elle l'aimait, elle pardonnait. Y avait-il à pardonner ? Cet homme ne pouvait-il apprécier un gâteau et pourtant ne pas résister à la tentation d'un entremets plus succulent ? Elle serait le simple gâteau quotidien. Et l'autre femme le dessert du dimanche. Le chou à la crème. La comparaison lui semblait juste, elle était le biscuit sec, l'autre s'étalait, ronde et molle. Pas de raison d'être jalouse. Hernan recherchait les filles sensuelles. À une sentimentale suffisaient les préliminaires. Au lit elle avait mal, c'était un soulagement d'abandonner la place. Ça se nomme la frigidité. Il paraît qu'il faut en parler au médecin. Elle n'avait pas de médecin. Sa mère consultait maintenant à l'hôpital, l'interne de service lui renouvelait périodiquement ses antidépresseurs. La fille n'était pas déprimée.

Un jour elle attendait Hernan et il n'est pas

Faire suivre 77

venu. Elle est allée à sa recherche. Le responsable du foyer où il logeait lui a parlé d'un contrôle. Les papiers que présentait Hernan étaient faux, déclaraient les agents. Elle a téléphoné au commissariat. On lui a dit oui en effet, qu'il avait été gardé à vue, relâché provisoirement, et qu'il devait se prêter à toute enquête de la police. Mais Hernan avait disparu.

Ma chérie, mon amour

Elle a rêvé, elle le dit, d'un petit mot plein de tendresse. D'un adieu. D'une lettre d'adieu. Il écrirait avant de repartir vers un pays qu'il avait fui sans jamais donner de raison. Ou bien il appellerait, ferait une dernière visite. Elle aurait ignoré l'adieu, l'aurait suivi. Ils vivraient ensemble et qui sait si tout n'aurait pas changé.

Elle a simplement continué. D'attendre.

Longtemps. Espéré. Et encore attendu. Qu'il écrive. Ou qu'il revienne. Elle attendrait n'osant pas entreprendre une démarche officielle. Que faisait-il où était-il, elle n'a rien su.

Aux Télécoms on lui a promis de l'avancement. Elle a travaillé, après le travail s'enfermant chez elle. Durant ses loisirs tenant son ménage. Cirant caressant les meubles, cherchant la douceur. Elle a eu envie d'une moquette. Tapisol proposait des rabais. Malgré la remise les prix l'ont effrayée.

D'ailleurs, pure laine ou laine mélangée ça finit toujours par grouiller d'acariens. Elle a conservé le revêtement d'origine, un linoléum de très bonne qualité.

Elle a pris sa retraite. Elle tricote. Elle habille quelques pauvres. Elle met en route la machine à laver, souvent lave aussi le linge d'une voisine aux mains gercées par la lessive. Parfois elle s'occupe des enfants des autres. Puis ils grandissent.

Elle a dû quitter son cinquième pour un logement au rez-de-chaussée. Sa mère est morte. Elle n'attend plus rien, elle mange et boit, se lave se coiffe, trottine, fait un peu de rangement plie son journal. Elle dort mal. Et se relève. L'habitude.

Elle m'a raconté sa vie. Elle a conclu, Excusez. À votre âge on n'a pas à se soucier des radotages d'une vieille gâteuse. Elle dit, J'ai toujours froid et pourtant par moments il me vient comme une chaleur entre les jambes.

Son premier logis, c'est moi qui l'habite désormais. J'adore les maisons anciennes. Je lui assure que j'en prends soin. Tous les mois j'irai la voir pour lui payer le loyer.

Ce matin-là il n'y avait personne. La concierge m'a dit, Vous ne saviez pas ? Cette femme. Elle était usée par la vie, par l'ennui. L'assistante sociale l'a trouvée dans son lit, gémissante. Ceux du Samu l'ont embarquée pour l'hôpital.

Faire suivre

J'y suis allée. Elle était en réa.
Je l'ai vue, blanche et mince. Paisible. Et puis glacée.
Des cousins éloignés ont hérité de ses quelques biens, ils m'ont gardée comme locataire. Je tiens de mon mieux la maison où elle avait projeté de vivre avec l'homme qu'elle aimait. J'ai décidé que ce plancher de chêne si je le décapais le vernissais ça aurait de l'allure. J'ai entrepris d'ôter le revêtement.

Ma chérie, mon amour, je suis venu te chercher. Es-tu chez Ed à faire tes courses ? Tu te souviens ? Moi je serai jusqu'à demain dans cet hôtel que tu connais. Rejoins-moi, je t'en prie.

Depuis quarante ans la lettre est là.
La lettre qu'un jour Hernan a passée sous la porte. Et que malencontreusement il a glissée sous le lino.

J'ai vu ça dans Ouest-France

Ils ont dit que je suis un majeur protégé. C'est comme ça qu'ils nous appellent. Je l'ai lu dans l'*Ouest-France* du 4. Je sais lire et écrire. On m'a appris au foyer, quand même que j'étais chiant, un mineur retardé.

Maintenant je suis un majeur protégé qui aide à la menuiserie chez monsieur Charles dans la Grand'rue. Les jours où j'ai pas ma crise.

Ils déclarent qu'ils m'ont mis « en tutelle ». Et ainsi j'ai connu Lucile de l'A.T.H., Association titulaire des handicapés. Non, tutélaire, c'est un mot compliqué, un peu comme tutoyer. Avec Lucile on se dit tu. Au centre social c'est la règle. Les handicapés, longtemps j'ai cru que c'étaient les mecs dans un fauteuil roulant ou bien le dos tordu et moi je marche et puis je joue au foot. Ça se passe dans ma tête.

La réunion de l'A.T.H., à ce qu'ils annonçaient, *se-tiendra-dans-le-zoopole*. Au zoopole à 9 h 30.

C'est quoi un zoopole ? J'ai l'idée que ça a un rapport avec le zoo des bêtes sauvages.

Ils se sont réunis pour parler de nous qu'on est pas des animaux, ceux en fauteuils roulants et ceux qui s'éclatent au foot dès que monsieur Charles a dit, Suffit, tu peux aller. Quelquefois monsieur Charles est plutôt emmerdé parce que j'ai pas coupé la planche aux dimensions, la gâchant pour la penderie des Rehel ou de madame Binaret, alors je m'excite, putain il va te renvoyer, et le lendemain pour me racheter j'apporte un bouquet à sa femme. La mère Charles. Qu'est une grosse truie. Des fleurs que j'ai cueillies dans le jardin de la Maison pour tous. Disent que c'est défendu y a même un écriteau. À quoi ça rime une maison pour tous si le jardin est pas pour tous, qu'on a pas le droit d'y prendre un bouquet les jours où on veut s'excuser d'avoir fait des conneries au boulot. Dans le jardin je me débrouille pour me servir sans abîmer.

Lucile elle est sympa. Elle connaît un tas de choses, même un peu la menuiserie, elle discute avec monsieur Charles qui se plaint que je salope le travail elle dit, Oh monsieur Charles gardez-le je vous en prie, et que c'était juste une erreur les petits centimètres en moins de l'étagère à la Binaret, qui se reproduirait pas puisque j'avais passé les tests. Oui Lucile je l'aime bien mais c'est pas comme Gaelle.

Je l'ai rencontrée pour la première fois, Gaelle, quand elle est venue chez monsieur Charles demander si c'était possible qu'on lui fabrique un placard sous l'évier. Elle a des beaux yeux, j'ai dit qu'on pouvait. Je me voyais déjà dans sa cuisine mesurant comme on m'a montré, avec plein de précautions, ayant pas oublié l'embrouille de la dernière commande. Et très vite je lui dirais de m'appeler par mon prénom. Au foyer c'est toujours Julien, jamais monsieur, normal je suis pas un monsieur, seulement un majeur protégé. Donc j'annoncerais, Moi c'est Julien. Elle répondrait, Et moi Gaelle. Je l'ai nommée Gaelle à cause d'autrefois, paraît que ma mère était une Gaelle. Vraiment jolie. Je me souviens pas de la couleur de ses yeux. Ils ont dû pleurer, ses yeux, le jour où elle a conduit son petit gars à l'Assistance.

S'adressant à cette Gaelle-là monsieur Charles dit mademoiselle Trévert. Je dis Gaelle en douce et très haut je déclare que j'irai lui poser son placard. Monsieur Charles m'a arrêté, Non Julien, pas toi, j'enverrai Yann.

Yann c'est pas un majeur protégé. C'est un majeur avec un C.A.P. Il vient pas souvent à l'atelier, il a son bizness personnel, il donne un coup de main quand trop de clients rappliquent et que ça fout le bordel. J'ai eu beau promettre que pour les mesures je vérifierais au moins trois fois, y a eu rien à cirer. Monsieur Charles a pas repris confiance depuis l'étagère Rehel (ou Binaret).

Ça m'empêche pas d'avoir des sentiments. Monsieur Charles est un homme généreux, Lucile l'a dit. Elle prétend qu'il mérite qu'on l'estime, je l'estime. Question sentiments, même qu'on est protégé on a ses hauts et ses bas. Et voilà qu'en pensant à Gaelle je me sens tout chaviré. Lucile m'a expliqué, lorsqu'on a trouvé la fille qui vous plaît le cœur bat fort, on rougit, on a envie de chanter. J'ai dit, On transpire sous les bras ? J'ai mis ma main entre mes cuisses, Là on devient raide ? C'est Lucile qui a rougi. Elle m'a pas répondu, ça m'énerve.

Moi j'ai pensé tout de suite aux fleurs. Yann il irait chez Gaelle lui arranger un placard sous l'évier, moi je lui offrirais des fleurs. Dans le jardin de la Maison pour tous les rosiers pompons sont en pleine floraison. Avec tant et tant de boutons que ça sera vite remplacé. Mais je sais pas où la chercher, Gaelle. Mademoiselle Trévert qu'elle s'appelle donc elle a pas de mari. Des fois les filles prennent un mec sans être passées devant le maire et le curé, Lucile l'a dit. Puis supposons que je me présente chez elle et qui est-ce qui m'ouvre la porte ? Yann les outils à la main. Ça craint, j'aurais l'air débile. J'essaie toujours d'avoir l'air à mon aise, déjà qu'être protégé vous classe dans les minus.

J'ai vu ça dans Ouest-France

Je me suis posté au bistrot sur le boulevard près de chez Gaelle quand j'ai su où elle crèche, j'ai lu l'adresse à l'atelier sur le carnet de commandes. Au nom de Trévert. Un logement sans placard sous l'évier. J'étais derrière la vitre du bar, je buvais une menthe à l'eau, j'avais posé mon bouquet loin sur la banquette. Si Yann s'arrêtait en chemin pour écluser et s'étonnait je dirais, Ces fleurs à qui elles sont ? Mystère. Quelqu'un les aura oubliées. Ou ça appartient à quelqu'un qu'est descendu aux toilettes.

Je suis plus malin qu'ils se figurent et parfois je me demande pourquoi j'ai besoin d'être protégé. Sauf que Lucile est utile question infos sur la vie ordinaire qui va trop vite et de travers quand on est un handicapé.

Pas prudent de le rejouer souvent, le coup du bouquet, le jardinier finirait bien par se planquer pour me surprendre. Se planquer avec un fusil. J'ai décidé que ce serait seulement deux ou trois matins par semaine. À des heures pas régulières.

C'était un bon plan. Ça a foiré. J'attendais et du bistrot je regardais là-bas cette porte sachant que derrière cette porte y aurait bientôt un placard sous l'évier. Dans la quinzaine j'ai vu Yann aller venir plusieurs fois tellement il soignait son job.

Mademoiselle Trévert s'est montrée qu'une fois chez monsieur Charles pour régler la facture.

J'arrivais comme elle ressortait. Faute de fleurs dans les mains j'ai pas osé parler. Avoir tant poireauté à l'attendre avec les fleurs pour un jour la rencontrer sans fleurs — La honte.

Et Lucile a dit, T'as pas l'air en forme Juju, pourquoi t'irais pas au fest-noz du samedi soir. Y a Erenn-Douss qui mène la danse. Ça te changera les idées. Ceux du foyer se tapaient un polar au ciné. Le genre polar me fout les boules. J'ai dit okay pour le folklore. J'ai enfilé mon bon jean. Lucile m'a proposé de me conduire jusque-là. Elle resterait pas elle passait le week-end chez sa mère. Lucile a une mère qu'aurait jamais voulu la coller à la DDASS. Elle m'a dit de prendre le bus pour le retour. Là-bas c'était plein de gars et de filles. On a dansé en chaîne, puis s'agissait de former des couples, j'étais pas cap. Un mec s'est pointé avec un panier de roses, ça coûtait 10 francs pièce, j'ai fouillé dans ma poche. Mais à peine j'avais payé que je savais déjà plus à qui l'offrir, la rose, ni comment ni pourquoi.

Alors je l'ai aperçue. Gaelle. Normal, j'aurais dû m'en douter qu'elle serait au fest-noz. J'ai pris la tige de la rose entre mes dents, ça me faisait loucher.

Quand même que je louchais je regardais Gaelle et je la trouvais canon. Soudain elle est venue vers moi. Ses yeux brillaient sa bouche souriait. J'ai tenu la rose à la main et j'ai souri aussi, j'ai essayé.

Gaelle est passée sans me regarder, dans sa jolie robe, presque à me toucher, avec son air heureux maintenant qu'elle a un placard sous l'évier et je me souvenais de ce matin-là quand elle expliquait et monsieur Charles disait, Yann vous dépannera, il est mon associé. Elle allait tout droit, fixant le fond de la salle, moi je bougeais pas, elle s'est précipitée sur un type qu'avait l'air de l'attendre. Yann. Il l'a serrée très fort. Presque à l'étouffer. J'avais laissé tomber la rose. Yann m'a pas vu, il fermait les yeux, promenant ses paluches partout sur la robe. Je suis sorti dans la rue, j'ai hurlé. Au keuf de service j'ai dit que j'avais mal au ventre.

C'est comme si on me l'avait troué, le ventre, d'un coup du ciseau à bois de l'atelier. Le lundi Lucile m'a demandé, Tu t'es bien amusé ? Ce qu'on demande aux gamins le mercredi soir quand ils reviennent du centre de loisirs avec des bleus et des bosses. Elle qui sait employer les paroles, pour la première fois elle a déconné. Pas sa faute, mettez-vous à sa place. Difficile de choisir les mots. À dire à un majeur qui cherche la vengeance. Un majeur qu'on devait protéger.

Alors moi, hier matin, le ciseau je l'ai fauché. Ça ou faucher les fleurs c'est pas plus compliqué.

Monsieur Charles a grogné, Tiens qu'est-ce qu'on a bien pu en foutre de cet outil. Si tu vois Yann tu lui poses la question.

S'agit de savoir si Yann avec le ventre ouvert pourrait encore répondre.

Cette eau du bassin qu'on gaspille

Soif.
De l'eau.
Juste un peu.
Dit-il.

eau : liquide incolore inodore transparent et insipide

Bakim, ne va pas prétendre que t'en savais rien, on doit boire un litre d'eau par jour (une moyenne, d'accord fais pas chier) et absorber mille cinq cents à deux mille calories. Indispensable pour la survie. Les calories c'est en quoi, en choses qu'on avale ? T'es nul, c'est é-ner-gé-ti-que. Les aliments apportent aussi de l'eau. Mourir de faim c'est rare. Mourir de soif est plus facile.

détérioration lente des milieux naturels, cause de la pollution des milieux aquifères

Je suis l'ingénieur des eaux. Venu pour le forage.

Rappelle-toi. Dans le jardin d'autrefois un bassin. Rempli d'eau. Avec des poissons rouges. Tous morts ? Tant mieux. Ça fera des souillures en moins dans cette eau. Une fois repêchés les cadavres. Bassin rond plissé de rides. Rayon du bassin : 0,70 mètre. Circonférence : $2\pi R$. Contenance : 300 litres. Nappe phréatique profonde. Suffit de.

Seulement un décilitre d'eau dans ce gobelet ça suffirait.

Même de l'eau trouble. Polluée.

Marchant. Les pieds meurtris. Usés. Qui sortent des Adidas au talon avachi au bout percé. Pieds nus gonflés crevassés. Se méfier des serpents. On n'a pas peur des serpents quand on a soif. Il s'est trompé. Il voulait dire des.

Le mot. Un autre mot qui s'en va. Un mot oublié un de plus. Non. Des scorpions. La soif vous retire les mots de la bouche, ne vous laisse que du sable.

Je suis l'ingénieur des eaux. Venu pour le forage. Ne vous laisse en vérité que. Pas du sable comme celui de la piste. Du sable de bouche assoiffée. Le sable glissant dans l'œsophage et jusqu'à l'estomac. Puis la bouche mâchonne et ça passe. Tout le dedans est ensablé.

Venu pour le forage. Il dit qu'il avait dû prévoir le matériel nécessaire. Évaluer ce que ça coûterait. On l'a envoyé sur place.

les effluents agricoles doivent être pris en compte

Il disait – c'était autrefois –, Je peux avoir un jus d'orange ?
S'il te plaît merci.
Il répète encore et encore, J'ai soif. Tiens, prends le verre. Tiens, bois. Il dit, tournant la tête, que personne n'a parlé. Soufflant haletant. Que faire. Personne n'a murmuré, Tiens, bois. C'était une illusion un rêve. Comme un mirage.
Marchant parmi les aloès et les buissons épineux. Il traînait des pieds dans le sable et butait sur une pierre. Il trébuchait, se redressait.
Marchait.
Il a gardé la sacoche autour du cou, pendant sur sa poitrine. Un battement léger d'abord. Puis ça devenait un martèlement insupportable. Disant qu'il l'a ouverte, en a tiré le gobelet. Sans jamais cesser d'avancer. À petits pas. L'homme à la cagoule hurlait si l'un des otages s'arrêtait. L'homme à la cagoule buvait à sa gourde.

Voyez, le gobelet de plastique est blanc, cerclé des trois couleurs de la compagnie aérienne. Dans l'avion il avait soif déjà. Un Vittel s'il vous plaît.

L'hôtesse s'approchait avec le plateau quand les hommes sont apparus. D'on ne sait où. Peut-être jaillis hors des sièges, l'un ici et l'autre là un instant plus tôt lisant leur journal contemplant dans une revue des femmes en maillot de bain sous le soleil de la côte. Le plus grand avait pris le temps de se masquer d'une cagoule. L'homme à la cagoule parlait fort dans une langue rude, l'hôtesse a laissé tomber le plateau.

NE PAS GASPILLER

le passage au décanteur permettra de

Lui a ramassé le gobelet et il le tenait serré écoutant l'homme donner des ordres en anglais à présent, un mauvais anglais, par-dessus le bruit des réacteurs et la musique tonitruante du film *Independance Day* projeté sur trois écrans. Il dit que soudain l'homme à la cagoule a braillé, Stop it. Et on n'a plus entendu que le ronronnement de l'avion et la respiration sifflante de l'asthmatique, tête contre le hublot.

La soif. Autrefois, dit-il, c'était bon dans la certitude que ça ne durerait pas. Tiens, mon chéri. Elle tendait le verre et il refusait, J'ai bu déjà. Ou bien il se penchait à la fontaine les mains en creux et avec un grand rire aspergeait Bakim. Voilà, pour te débarbouiller.

ENFANTS, NE GASPILLEZ PAS L'EAU

Bakim grognait, Je vais le dire à mon père. Son père est parti dans les montagnes. On y a soif aussi.

Mais lui l'ingénieur des eaux dit que la soif du désert est différente. C'est une soif pleine d'espoir d'oasis.

Proche d'une soif de jardins perdus qu'on retrouverait un jour. D'une soif de petit garçon conscient que s'il attend un peu, encore un peu, ce sera délicieux de boire.

la population mondiale doit avoir accès à une eau salubre

Ils marchent. Ça le surprenait qu'ils soient si nombreux. Le médecin, l'instituteur, le retraité transformé en touriste, les commerciaux, le directeur de banque, l'électronicien, le notaire, et celui qui parle une langue étrangère, et le grand maigre qui respire mal, le petit gros qui souffre de nausées. Tous ces hommes rassemblés dans l'avion. Des otages à présent. Pas de femmes, l'homme à la cagoule a laissé les femmes regagner le hall de l'aéroport désert. Sûrement personne ne les y attendait. C'est un lieu qui ne sert plus à rien. Les femmes se sont débrouillées sans doute pour rejoindre leurs familles. Les femmes et les enfants. L'homme à la cagoule boit.

le transport par ruissellement de substances phytosanitaires

Près du bassin aux poissons rouges. Bakim. Il lui avait dit, T'as vu ? Et puis, T'en veux un ? Les yeux brillants du garçon qui n'osait pas répondre. Mais les yeux disaient un oui éperdu. Attends, faut un bocal. Découvrant dans la cabane du jardinier un grand pot à confiture qui ne contient que des bouts de ficelle. Se débarrassant des restes de chanvre et penché vers le bassin, Je t'en mets deux, peut-être qu'ils auront des petits si j'ai bien choisi on essaie ? Suppose que tu te retrouves avec toute une smala. N'oublie pas de leur donner à manger. Des mouches. Bakim silencieux emportant son trésor vers la hutte d'argile au toit de tôle.

Et il ajoute que ce jour-là Vahia si douce avait crié, Pourriez pas ficher la paix à ces petites bêtes ? Et puis elle rejoignait les femmes dans leur maison.

L'homme à la cagoule soudain ôte sa cagoule. C'est lui : Bakim. Il en est sûr. Il a prononcé le nom très bas, si bas que seuls ses compagnons les plus proches ont levé les yeux.

Je suis venu pour le forage.

NE GASPILLEZ PAS L'EAU

Bakim ne l'a pas reconnu. Ai-je tellement changé ? Ou bien n'a pas voulu le reconnaître. Mais tout a changé. Les rapports, les circonstances. La couleur du couchant. Vahia. C'était voilà vingt ans. Ou trente. Vahia est mariée, il sait, elle a écrit.

Bakim des jeux d'autrefois. Jeux puérils, l'eau du bassin qu'on se jette au visage. Et plus tard plaisirs dangereux, ce même visage si proche de l'eau, lui la main posée sur la nuque chevelue et appuyant. La victime suffoque et crache, lui le tourmenteur s'exclamant, Ah ah tu as bu, n'est-ce pas ? Riant plus fort. Ça n'est pas drôle. Il dit que Vahia regardait, Vahia toujours disponible, tantôt esclave et tantôt reine, acceptant chacun des rôles avec la même humeur tranquille. Défendant le sort des poissons rouges. Vahia qui se préparait à épouser un homme qu'elle n'avait jamais vu. Je le tuerai, disait Bakim, et Vahia haussait les épaules.

un contrôle de l'afflux des éléments nocifs

C'est un jeu. On observe les règles. Si l'adversaire maintenu dans l'eau perd haleine, demande grâce, il faut arrêter. Un accident est vite arrivé. Bakim toussait et reprenait son souffle. Teint hâlé, des yeux sombres. Lui plus pâle. Différents mais comme le sont parfois les frères. Se construisant un avenir. Bakim depuis toujours ayant décidé qu'il épouserait Vahia. Le père de Vahia avait d'autres projets.

Attention, tu vas renverser.

Il dit que l'homme à la cagoule inclinait sa gourde. Mouvement maladroit du poignet, l'eau a coulé dans sa paume. Un fin ruisseau. Les autres regardent fixement. Les otages. L'instituteur regarde et l'employé de banque les chercheurs qui menaient des études d'échanges économiques l'informaticien l'archiviste le notaire.

les besoins industriels en métallurgie, papeterie, pharmacie, exigent des quantités d'eau considérables. Il faut 10 litres pour produire 1 litre d'essence, 100 litres pour 1 kilo de sucre, 200 à 250 litres pour 1 kilo de papier, 40 000 litres d'eau sont indispensables pour obtenir 80 kilos de mil.

NE PAS GASP

Bakim dans son nouveau rôle sourit, a pris le gobelet et de la gourde presque vide a versé l'eau, juste un peu. Le temps revenu des reproches silencieux. Pourquoi as-tu laissé Vahia épouser n'importe qui. Bakim, c'est toi qu'elle aimait. Qu'est-ce que ça pouvait bien lui foutre les troupeaux de chèvres que possédait cet homme. Et la révolution

Cette eau du bassin qu'on gaspille 97

qui te possédait, toi. Mais c'est fini tout ça, les plans les rêves. Plus d'eau dans le bassin. Tuyaux corrodés, rompus. Et les poissons rouges crèvent sur le ciment. Tous sauf deux. Le couple du bocal. Bakim avance le bras. Vahia derrière les murs d'argile s'est retirée sous un voile. L'instituteur (teneur en eau du corps humain : 60 à 65 %) soupire et se retourne. Le sociologue (services des eaux prioritaires dans toute région urbanisée) le médecin (danger d'absorption de toxiques par l'ingestion d'une eau trop chargée en nitrates) se retournent. Voulant voir. Voulant s'assurer que l'eau dans le gobelet est pour un autre. Oui, voulant être certains. L'homme qui parle une langue inconnue grommelle. Les commerciaux baissent la tête. L'asthmatique blêmit, s'étouffe. Écoutez.

les eaux souterraines, moins vulnérables à la pollution accidentelle, offrent des températures constantes et sont de meilleure qualité

L'homme, visage nu, tend le gobelet. Un décilitre d'eau. Potable ou non quelle importance. Prends, c'est pour toi.

À cet instant l'asthmatique chancelle. S'effondre, heurtant au passage la main levant le gobelet vers les lèvres. Manqué, dit une voix – hargneuse à peine – une voix qui n'est plus qu'un murmure. Une autre voix dit seulement, Ah. La main heurtée s'efforce en vain de retenir le gobelet. Qui se renverse.

Je suis l'ingénieur des eaux. J'étais venu pour le forage.

L'eau sur le sol fait dans le sable jaune une tache jaune plus foncé.

La Meisje

Approche. Tout près. Je règle mon pas sur le tien. Tu sautilles. Moi je vais te suivre. Si tu veux bien ne pas trop danser. Je te raconterai une histoire. L'histoire de. Et puis encore. Je te dirai
petite
J'inventais. Ça avait duré longtemps. Pas assez longtemps pour qu'elle devienne grande. Elle était restée très petite. Ces jeux ces rires ces secrets partagés. C'était trop peu ce n'était rien. Mais alors, pourquoi. Comment. Et quand.

Petite, je te donnais la main. Tu disais, Courons, je demandais grâce j'étais fatigué. Je disais, Petite, ma petite, et tu levais les yeux, confiante. Je souriais.

Nous traversions les herbes hautes. Nous descendions jusqu'au ruisseau. Il nous fallait franchir le pont de bois délavé, séché au soleil et mouillé à nouveau dès que les crues avaient repris, l'eau débordant du ravin inondant les prairies. Nous

allions aux Trois-Fontaines et là commençait le sentier vers les bâtis des houblonnières. Je te disais
   petite
que nous irions voir un jour le moulin de Bœschepe au long des haies d'aubépines, ou l'un des estaminets du plat pays et même les boutiques juste à la frontière, les tavernes et tu pourrais manger tout ce que tu voudrais comme tu voudrais quand tu voudrais, de la viande et des frites, et que même si tu voulais

Tu ne voulais rien que serrer ma main, tu disais qu'à trop manger tu aurais mal au cœur, tu disais, Ce n'est pas bon pour la santé, pour grandir oui peut-être mais alors on est un géant des Flandres ou grossir, tu n'y tenais guère, et tu répétais des choses qui n'étaient pas de ton âge quand à Saint-Jans-Cappel je buvais à l'excès la bière des Trois Monts tu prétendais que ça me ferait perdre la tête. Tout comme la Blanche, la Hommelpap ou la Kriek qui est ambrée, épaisse avec un goût de fruit.

Ce jour-là j'étais dans la prairie je t'attendais pour notre tour du propriétaire, car nous possédons dans ce pays ce qui nous plaît, même si la terre appartient à d'autres sur le papier. À nous donc le pré jusqu'en bas des collines, à nous la ville et son beffroi, à nous les terrils reverdis, à nous le jardin de feu, à nous la boule du bourloire, à nous le son du cor le soir au fond des bois, le papegai en haut du mât, à nous — Tu disais, petite

tu disais qu'on s'arrêterait un moment toi et moi face à la plaine et que l'herbe était fraîche et que le vent que le vent

que le vent nous emporterait vers la côte où la mer vient et repart, qu'enfin sans l'avoir demandé nous serions dans un bateau qui rentrerait au port avec la marée.

Et puis. Le temps passait. Tes doigts mêlés aux miens. J'étais fier, je n'étais pas vieux je te gardais te protégeais. Je n'avais pas prévu qu'une fois je tomberais.

C'est le champ. Le sol du champ remué par les taupes qui laissent en surface des creux et des crêtes. J'ai trébuché.

Depuis ce jour tu m'as quitté, petite. Toi qui disais, On n'ira pas explorer le monde, on cueillera aux alentours les fleurs et les baies sauvages. Toi qui découvrais que le ciel était beau le soir taché de mauve et de violet, quand il ressemble à la mer. Quand il est un ciel des Flandres. Sous le ciel, devant le ciel si petite, tu étais la meisje des Flandres.

Je suis tombé. Ils m'ont relevé. Je n'ai rien dit. Je les ai laissés me laver me panser. J'avais un turban qui m'entourait la tête, trois ou quatre tours de bandages. Par-dessous des points de suture. Par-delà une énorme bosse. Ils m'ont fait une piqûre, j'ai dormi. J'ai rêvé.

J'ai rêvé de toi, tu disais, On se balade, l'air a un goût de pomme. Je t'ai écoutée parler des nuages au-dessus des moulins. Lorsque je me suis réveillé j'ai réclamé la petite. Ils ont ri, ils ont osé.

Waar is zïj ? Waar is dat klein meisje. Où est-elle. Ils ont ri encore. Ils ont dit, Grand-père, qu'est-ce que vous racontez. Je t'ai cherchée partout.

Traînant ma jambe meurtrie par la chute, traînant mes souvenirs et traînant mes regrets. Je t'ai vue devant moi derrière moi toujours insaisissable, j'ai dit, Petite. J'ai dit Waar is — Non il ne t'est rien arrivé. J'aurais tant aimé les croire, me contenter sagement de ne pas retrouver ton corps dans le bois, couvert de branches. Ou penser qu'ils avaient raison que tu n'étais plus une enfant. Que tu m'avais quitté pour aller épouser un garçon de ton âge.

Je t'ai cherchée. J'ai prié j'ai supplié, j'ai dit, Vous n'auriez. Un homme a haussé les épaules. Une femme a dit, Voyons vous n'y pensez pas. Un homme – un autre – a dit, puis un autre, qu'ils m'avaient vu partir pour ma promenade quotidienne. Tout seul comme à l'habitude. Une femme a dit, et une autre, qu'elles m'avaient vu tomber. Jamais aucun ni aucune n'a mentionné la petite, sa joue fraîche, ce regard qu'elle avait.

La Meisje

J'ai cheminé. Ici et là, m'arrêtant à Steenwerck, aux Quatre-Rois, au Blauwershof. Je me voulais toujours en quête. Mais c'est comme si tu n'avais pas été. Comme si tu n'avais pas su pas dit, pas sauté pas dansé. Comme si jamais tu n'avais pris ma main. Comme si jamais tu n'avais, jamais rien.

Tu m'as oublié,
petite
Ils t'ont oubliée. Ou bien.
Un jour pourtant tu reviendras. Tu grimperas la pente du mont Noir, je t'attendrai au bord de la prairie où les bêtes sont à l'affût. Nous marcherons ensemble vers les houblons que les oiseaux pioquent, vers le champ de tabac aux fleurs comme des lis. Je te conterai la fin de l'histoire
Une histoire qui n'en finit pas.

Retrouvailles

Il était assis devant la fenêtre aux rideaux de coton jauni. Il avait posé sa veste sur le dossier de la chaise.

La porte claque

Jérôme déclare le premier, S'il était assis sur une chaise ça se passait dans une maison. Il n'était pas assis sur une chaise de jardin à l'ombre d'un marronnier parce qu'alors on ne parlerait pas de fenêtre aux rideaux de coton.
De coton jauni, dit Ève. Une maison pas très bien tenue.
Longtemps habitée par des gens âgés, dit Carla. Le coton jauni n'est pas du coton mal lavé, les rideaux étaient propres. Mais le coton jaunit vite lorsqu'on l'expose au soleil.
Donc la fenêtre était au sud. Dit Jeanne. Et il avait chaud puisqu'il avait ôté sa veste et l'avait

posée – soigneusement – sur le dossier de son siège.

Il était assis sur une chaise devant la fenêtre aux rideaux de coton, il se souvenait. Que faire d'autre.

Il aurait pu lire ou tricoter.

Laure s'esclaffe, Un homme ça ne tricote pas. Tu imagines un homme comptant les points pour le talon des chaussettes ?

Louis récapitule, Il était assis. Devant la fenêtre. Aux rideaux tirés. Dans la pièce sombre à cause de l'orage. L'homme s'était endormi.

On ne dort pas quand gronde le tonnerre, dit Carla.

La nuit avait été dure. Il avait donné rendez-vous à une femme dans cette maison. Elle était en retard. Allait-elle venir. Ou —

Toi et tes histoires —

Comment a-t-il pu entrer ?

La maison lui appartenait. Quand les deux vieux très fatigués sont partis en retraite au soleil il a repris son bien. Longtemps il a vécu là avec sa compagne et puis elle l'a quitté. On raconte qu'il avait des accès de violence.

Sans elle il s'ennuyait. Il a décidé à son tour qu'il irait loger ailleurs. Il a écrit à la fille qu'il gardait le cadre de leur bonheur. Gardait, inoccupé. Puis un jour il est revenu. En simple visiteur. Pouvait-elle l'y rejoindre ? Il avait quelque chose à lui confier.

Retrouvailles

S'il avait quelque chose à confier il ne se serait pas endormi sur sa chaise, dit Marlène. Ça l'aurait tenu éveillé.

Derrière les rideaux.

Georges demande, La chaise était contre le mur ?

Oui, dit Carla. Et l'homme appuyé au mur. Je crois qu'il est mort. Qu'elle l'a tué. Mais pourquoi ?

Elle le trouvait exaspérant, dit Jeanne. Il tentait de renouer des liens effilochés. Elle avait rencontré quelqu'un d'autre, peut-être. Un mec avec un gros compte en banque.

Ce n'était pas une raison pour tuer celui qui ne voulait rien posséder. Dit Louis. À l'exception d'un deux pièces-cuisine vidé de ses meubles. Il n'avait plus qu'une chaise.

Le voici donc – dit Georges – assis sur sa chaise (paillée) dans la chambre (silencieuse) d'une maison (abandonnée). Devant la fenêtre (fermée) il attendait.

Lisez le journal, dit Jeanne. La police enquête. Il avait dans sa poche un tube de somnifères, il aura résolu d'en finir. Quand il s'est douté qu'elle ne viendrait pas.

Qui, elle ?

La femme attendue espérée, dit Jérôme. La femme qui devait apparaître, écarter les rideaux.

Elle s'appelait Marlène, dit Carla.

Non, dit Marlène.

Elle projetait de prendre le train de 16 h 30. Elle s'est arrêtée au buffet de la gare.

Non, dit Marlène encore une fois.

J'étais derrière le bar, dit Frank. Je lui ai offert un kir. Elle l'a bu puis un deuxième. Après le troisième elle ne se souciait plus du train ni des horaires. J'avais terminé mon service, je l'ai conduite jusqu'à l'ascenseur, on est montés au dernier étage. Dans la lingerie, j'ai verrouillé la porte. J'ai dit, Tu veux, n'est-ce pas ? Elle n'a rien répondu. Je l'ai baisée. Voilà toute l'histoire.

C'était, dit Marlène, une histoire d'amour.

Après, dit Frank, Marlène a dormi dans mon lit, a ronflé.

Non, dit Marlène. Je ne ronfle jamais.

Tu ronfles quand tu as bu trois kirs. Ce matin tu t'es réveillée sans plus savoir où tu étais.

Autrefois, dit Marlène (souvent) il attendait à la sortie de l'école. Un jeune homme que je trouvais très vieux. Il me payait des carambars.

En te réveillant, dit Frank, tu as demandé, Il est là ?

Et puis je me suis souvenue. J'ai pris le premier train. Mais c'était trop tard. Quand je suis arrivée dans l'impasse les infirmiers des urgences chargeaient un brancard.

Dit Marlène.

Pleure donc, Marlène, dit Carla.

Non. Ne pleure pas, dit Jeanne. Tu n'y peux rien.

Retrouvailles

C'est à cause de Frank. Dit Marlène. À cause du kir à cause des mains de Frank sur ma poitrine à cause —

Assez. On ne tient pas à connaître les détails de votre nuit torride.

Elle ronflait, insiste Frank.

J'avais cru le retrouver, dit Marlène, dans la maison du passé. J'ai vu la chaise et la veste pliée sur le dossier. À l'hôpital il est en réa. Visites interdites. Fouillant sa veste j'ai senti quelque chose dans la poche. C'était une lettre qu'il n'avait pas ouverte.

Ne l'ouvre pas, dit Carla. Elle ajoute, Je me demande ce qui m'a pris. Je lui disais que tu ne viendrais plus. Je disais que si tu venais tu t'arrêterais en chemin. C'était inutile de t'attendre.

Donc tu savais.

Quand on était petites j'étais jalouse de toi. Un jour je t'ai dit que ton père était extra. Je croyais qu'il était ton père. Tu m'as regardée fixement. Dit Carla, Mais tout ça n'a pas d'importance puisqu'il n'a pas ouvert la lettre. Il est demeuré immobile derrière les rideaux de coton. Soudain il n'a plus supporté.

Alors, dit Jeanne, il s'est levé pour prendre le verre à dents posé sur le lavabo. Il a fait couler l'eau.

Au bar à cet instant Marlène sifflait son troisième kir, dit Frank. Je le vois sortant le tube de sa poche et de l'ongle détachant le couvercle. Avalant le contenu. Un tube ou peut-être deux peut-être trois. Il a bu un verre d'eau. C'était tout ce qui restait dans la maison. Le verre.

Et la chaise. Moi j'étais chargé, dit Jérôme, de poser la pancarte *À vendre*. En me penchant je l'ai aperçu. Cette masse sombre tassée contre le mur.

Il aurait pu tomber de son siège, dit Laure.

J'avais mon portable. Dit Jérôme. J'ai appelé les urgences.

Je ne suis pas sûre que tout ça ait un sens, dit Marlène. Vous croyez qu'il va mourir ?

Oh les histoires d'amour —

La maison est à vendre. Il l'avait décidé. À l'agence on m'a conseillé de ne pas décrocher les rideaux. Même quand le coton a jauni c'est mieux que les vitres nues. Avec des fauteuils ça serait plus convivial.

Mais qu'est-ce que vous racontez tous, dit Marlène. L'unique chaise, les vieux rideaux, cet homme. La lettre. Carla, pourquoi —

Oui c'est moi. Ou bien une autre. Une autre femme. Une autre lettre. *Mon chéri, je ne te rejoindrai pas.*

Pour la dernière fois j'ai voulu répondre à son appel, dit Marlène. Sur le chemin il y a eu Frank. J'ai dormi avec Frank. Ce n'était pas défendu.

Voici l'averse, dit Frank. Ève, ne sors pas. Tu seras toute décoiffée.

C'est, dit Jeanne, une drôle d'aventure, la lettre d'adieu que personne n'a lue, un homme gorgé de somnifères, une mise en plis gâchée.

Vous ne pouvez pas savoir ce que cet homme m'a imposé, dit Marlène. J'avais huit ans. Il m'allongeait sur son lit, me touchait me caressait me léchait. Il disait, En amour pas d'interdit. Je rentrais à la maison mes devoirs corrigés, ma mère s'en réjouissait. Il assurait, Votre petite fille, votre ange, n'ayez crainte j'en ai grand soin. Moi je ne disais pas merci. Moi je racontais la chose à mes poupées.

Laisse-le crever, dit Frank. Ton enfance est finie. Carla va-t'en. Va t'occuper de lui. Marlène, ne me quitte pas je t'en prie.

La porte claque

Frank dit encore, Tiens il ne pleut plus. Carla ne sera pas même mouillée. Nous voilà enfin réunis, tous les copains d'autrefois. Faut fêter ça. Marlène cesse de renifler prends un kleenex. J'ai une bouteille de cognac. Buvons. Chacun son tour, on n'a qu'un verre.

Aller simple

Pour aller à Mexico. En jet. On passe au-dessus de la banquise. Quoi ? C'est comme au cinéma. On voit la glace et les crevasses. De la banquise, qu'est-ce que tu nous racontes ? Je te jure. Diego l'a dit. Diego a dit des conneries, ce n'est pas du tout la direction. S'il l'a dit il a raison.

Elle hausse les épaules. Elle se tapote le front de l'index. Qu'est-ce qu'il en sait, Diego, des régions qu'on franchit pour aller au Mexique ? Figure-toi qu'il n'a jamais bougé de son coin. La Bretagne. Qui n'est pas son pays d'origine. Sûr que ses lointains aïeux ont vécu là-bas, mangeant des tortillas des frijoles, buvant du pulque et de la tequila. C'était avant les transports aériens ça ne lui donne pas le droit d'annoncer le survol de la banquise par les jets des lignes régulières Paris-Mexico via Houston. Elle dit qu'il pourrait prétendre aussi – de Diego ça ne l'étonnerait guère – qu'on voit sur la banquise neigeuse les Inuits sortir de leurs igloos et, levant le nez vers le ciel, contempler en se tordant le cou ces oiseaux de fer qui portent dans leurs carcasses des hommes aux dangereux fusils. Alors le petit Tayaout fils d'Agaguk au visage ravagé en profite pour s'emparer de la cuiller à pot que sa mère a laissée près du feu et faire des remous dans la soupe au risque de s'ébouillanter si le chaudron bascule hors du trépied.

Joël a baissé la tête et grogne, Bon, je ne te dirai plus rien. Elle rit, Combien de temps ? Avant que te reprenne l'envie de parler de Diego il te fascine ce mec. Je t'accorde qu'il est beau. Et qu'il donne à des histoires absurdes un air de vérité. Tu crois tout ce qu'il dit.

Oui, Joël concède qu'il a cru Diego quand Diego s'est déclaré l'héritier d'une grande famille. De Mexico. Ayant perdu ses biens à la révolution. Elle sourit, Tu le sais que Diego fabule. Ne l'écoute pas.

Joël proteste, Qu'est-ce que tu as contre lui ? Oh rien. Voyons Joël, rien de sérieux. Il m'agace. J'aimerais qu'on vive tous les deux tranquilles. Mais, dit-elle encore, s'il compte tellement pour toi — Tu es libre d'avoir des amis.

Diego veut retourner dans son pays, dit Joël. Elle répond que Joël aurait tort de se tourmenter, ce sont des paroles lancées à l'étourdie. Là-bas Diego ne connaît personne. Diego ne connaît pas la langue. Joël assure qu'il étudie. Il a acheté un manuel a mi me gustan estas palabras voy a aprenderlas. Diego proclame qu'il en a assez de trimer sur le bateau de Loïc pour pêcher la sardine.

Alors elle approuve elle admet que la vie de pêcheur ne lui convient pas, à Diego. C'est le lot des gens de métier qui ont hérité les goûts de générations d'ancêtres. Elle dit que toi non plus Joël tu n'es pas un gars de la mer. Dans ton ciré jaune tu as l'air ridicule. Elle lui conseille de se remettre à écrire son livre puisque c'est pour ça qu'elle et lui se sont installés ici. Les Enclos bretons c'est toi qui as choisi. Et dans ce village de la Côte sauvage il a rencontré – dit-elle – Diego qui n'implore pas la Vierge noire du Mexique mais se signe devant la Madone de Mevelhen au coin de la rue des Halles. Un reposoir cadenassé par les soins du curé après que la statuette eut été trois fois de suite couverte de graffitis à tendance pornographique. Diego s'était volontiers chargé de remettre en état la vierge en bois – robe bleue voile blanc – avec les fonds de peinture qui lui restaient après le radoub du bateau. Diego avait acheté à ses frais un tube d'or pour rafraîchir l'auréole de la mère et de l'enfant. Le corps de l'enfant rose bonbon avait été respecté.

Un calme village. Comment ne pas s'étonner

qu'on y trouve des vandales. Elle est venue – dit-elle – y vivre avec Joël. À sa demande. C'était avant qu'il rencontre Diego. Du jour où il l'a rencontré, où il a écouté ses histoires tout a changé. Cet homme l'a subjugué. Joël parle, lui le silencieux. De Diego. De son pays. De cette ville qui l'obsède. Et elle encore, Mais ce qu'il te raconte ça se passe dans sa tête, toi tu as ici ce que tu cherchais, les statues les tableaux les églises les portails les calvaires. Joël dit que là-bas dans le pays de Diego était un autre Diego qui peignait des fresques immenses. Et elle, Oui, Diego Rivera. Là-bas il y a aussi des Diego plus ordinaires. Tous ces hommes de Mexico et bien sûr des Luis des Arturo des Juan. Hommes fiers et ardents qu'il faut surveiller.

Elle le surveille. Dit-elle. Diego insiste pour que Joël l'accompagne à la pêche. Il l'emmène avec lui sur le rafiot de Loïc. Le bateau rentre à la marée montante. Elle attend sans impatience, comme les femmes du pays qui guettent le retour de leur mari-fils-frère-amant, sachant bien qu'aucun d'eux ne reviendra à la maison avant d'avoir vidé et nettoyé la cale et s'être arrêté au bistrot pour boire un verre. Joël revient harassé, du trouble dans les yeux. Cette émotion quotidienne ce serait à cause de la pêche, les filets bleus, la mer, le banc de sardines qu'ils ont traqué. Le Joël des Enclos bretons avait d'autres exigences.

Aller simple

Il a Diego. Elle les a vus. Dans le hangar au bateau. Sur les tas de sacs en ficelle. Elle a dit, Imaginez. Chacun d'eux possède une maison un lit et ils se retrouvent sous le hangar et font l'amour parmi les vieux chiffons, comme s'ils se sentaient mal à l'aise entre des murs, ou bien serait-ce qu'un tel élan les jette l'un contre l'autre qu'ils abandonnent soudain les tâches entreprises oh c'est Diego qui me le vole c'est Diego c'est lui qui a voulu. Elle dit, Moi je ne compte plus. Elle dit encore, Joël et moi on devait se marier on était un couple ordinaire. Et puis Diego s'est établi dans notre vie apportant les Aztèques au poignard d'obsidienne, le sang sur les pyramides de la Lune et du Soleil, les cœurs arrachés aux victimes. Joël a décidé que les pierres de Bretagne ça manquait d'exotisme. Tout ce granit gris plus sévère que les marches de là-bas qui conduisaient à la table du sacrifice. REPANTEZ VOUS ESTANTS VIVANTS CAR À NOUS MORTS IL N'EST PLUS TEMPS.

Mais, dit-elle, les passions de Diego ne durent guère. À l'exception de son rêve du Mexique. Diego se lassera de Joël, finira par avoir peur de lui, un petit intello que le désir rend fou.

Elle dit, Moi je garderai Joël je ferai ce qu'il faut. Elle le dit relevant la tête le visage fermé obscur, comme la Vierge de Guimiliau fuyant pour sauver l'Enfant.

Diego n'emmène plus Joël sur le bateau de Loïc. Souvent Diego refuse la sortie, fatigué de semer la rogue et de relever les filets. Loïc menace d'engager un autre équipier. Diego rêve d'un vrai départ, à l'idée de ce voyage enchanté il s'émerveille. Baissant la voix elle dit qu'elle l'encourage.

Elle avoue, oui, elle confie qu'elle a tout fait pour qu'il parte. Pour lui prouver que là-bas, au Mexique, il aurait une foule d'amis, des gens de sa race et même retrouverait des parents, une famille. Elle a parlé de la Merced et de la rue des citrons verts. Des vendeuses de muñecas qui sortent de leur poche une chaîne en argent et vous l'offrent pour 100 pesos. Elle a passé sous silence la pollution, la violence, les refus de carte de séjour, de permis de travail. Là-bas tout irait bien. Elle sourit, Diego l'a crue. Et elle, la voix dure, Quand on tient à gagner on se bat jusqu'au bout, on répète, on persuade, on prend de l'argent à la banque, le prix d'un voyage. Pour Mexico.

Aller simple.

Parce qu'il ne reviendra pas. Elle dit qu'elle l'a conforté dans son choix mais elle sait, elle en est sûre, que Diego rejoindra les chômeurs du Zocalo affalés contre les grilles à l'est de la cathédrale tournant le dos au Palais national. Il se demandera quel métier inscrire sur du carton d'emballage pour

Aller simple

attirer un employeur. Les autres écrivent *albañil pintor carpintero*. Non, lui n'écrira pas *pescador*. Qui voudrait employer un pêcheur. Elle dit qu'à Mexico il n'y a pas de mer, il n'y a pas de fleuve. Il n'y a que le lac de Xochimilco et ses jardins flottants, ses poissons exotiques qu'on a seulement le droit de regarder. Diego en chemise blanche gilet et pantalon au pli bien repassé sera serveur de restaurant.

Dans le meilleur des cas. Parce que les serveurs ça ne fait pas défaut. Si on lui refuse l'embauche il sera vendeur de tacos ou bien cirera les chaussures des hommes d'affaires laissant leur voiture au chauffeur sur el Paseo de la Reforma. L'ange sourira du haut de sa colonne.

Elle a promis son aide au cas où Diego ne trouverait pas d'emploi. Elle dit qu'elle aurait promis n'importe quoi. Que l'amour autorise les mensonges. À lui elle a juré, Si tu désires rentrer je t'enverrai l'argent. Diego a dit merci et que la Vierge de Guadalupe se souviendrait de ces bonnes paroles. Qu'il la prierait pour elle à genoux. Elle dit qu'elle prie chaque soir sainte Marguerite de Commana qui a vaincu le monstre la dévorant.

À Brasparts l'ange de la Résurrection clame RÉVEILLEZ-VOUS. Elle dit que bientôt elle épousera Joël qui ne parlera plus de Cortés, qui oubliera les palais aztèques, tout ce que Cortés a voulu détruire, tout ce que raconte Diego. Moctezuma ne le fascinera plus. Les Saintes Femmes de la Pietà lèvres serrées regard glacé mettront un terme à ses fantasmes.

Un jour enfin elle a su que Diego partait. Joël était pâle, il tremblait. Elle lui a pris la main elle l'a entraîné vers la chambre, l'a conduit jusqu'au fauteuil. Assieds-toi. Elle a plié avec soin le couvre-lit brodé, l'a rangé dans l'armoire. Elle a hésité, a dit, Viens.

Elle s'est allongée sur le lit, elle dit qu'elle était à la fois légère et désespérée. Il s'est couché auprès d'elle, il est resté immobile. Elle n'a pas protesté pas bougé quand il a murmuré, Diego. Ajoutant d'une voix cassée que la madone du carrefour repeinte un jour par Diego avait ce matin un aspect pitoyable. Il était étendu dans l'ombre, le corps raide les mains crispées, il a crié qu'il espérait que le vol Air France 803 quittant Roissy pour Mexico s'écraserait sur la banquise.

La femme du tueur

Sous prétexte que je suis douce et fine, un être délicat, il ne veut pas m'apprendre. Enseigner c'est donner. Il est égoïste et mesquin.

Quand je l'ai épousé ma mère m'avait prévenue, Un plouc qui se prépare à tout diriger, à jouer au grand chef. En ce temps-là ma mère me tapait sur les nerfs. Ce qu'on projetait lui et moi elle ne cessait d'y trouver à redire. La complicité entre nous deux oh j'y croyais. Pour le meilleur et pour le pire. Nous serions unis à jamais dans toutes nos entreprises.

Certes il accepte mon aide, même il la demande pour les questions de choix, de sélection, c'est un tueur qui ne tue pas au hasard. Je tiens les livres, je remplis les colonnes. Ça coule de source je suis douée pour les comptes. J'aimerais mieux voir le sang couler.

Si j'insiste il argumente, Les femmes se croient

très fortes et au dernier moment elles craquent, elles s'évanouissent. Je proteste. Violemment. Il se fâche il crie, Va te faire pendre ailleurs. Je réponds que lui n'a rien à craindre, il ne vaut pas la corde pour le pendre. Avec dans ma rancœur un manque évident de logique j'ajoute, Vrai gibier de potence.

Rien ne change. Je reste l'humble assistante. Il refuse de me révéler l'endroit précis où enfoncer le couteau.

Il me cantonne dans le tri, le marquage. Des œufs garantis coque. Il ne veut pas m'apprendre à tuer les poulets.

Sortilèges

Au bar de l'Espérance un petit garçon noir de peau et de cheveux fait rouler son camion miniature sur le feutre du billard. Parfois le camion rouge s'engouffre dans un des trous. Catastrophe. Ils sont tous morts. Ceux du camion. Étendus raides les yeux encore ouverts.

Une femme est devant le comptoir. Perchée sur un haut tabouret. Elle boit du vin. Elle dit, Pour mon fils ce sera une grenadine. L'enfant grogne, J'ai pas soif – il repêche le camion dans la poche aux billes – ou alors un jus d'orange. Le serveur apporte le verre rempli aux trois quarts d'un liquide pourpre. Voilà jeune homme. L'enfant grimace, J'en veux pas. Et puis, Elle a choisi pour moi. Il marmonne, C'est-pas-ma-mère. Tais-toi dit la femme d'une voix mal assurée. Elle boit le vin. Rouge aussi dans le verre ballon.

Le camion traverse le billard, heurte le rebord et le patron du bar s'exclame, T'as pas fini de tout esquinter, tu abîmes le vernis tu salopes le tapis, au prix que je l'ai payé. La femme a l'air fatiguée, elle murmure, Munkal viens là. L'enfant tient très fort le camion contre lui, baisse la tête, ne bouge pas.

Dehors il y a la rue et les maisons. Et toutes ces voitures. Des vraies (dit le gamin). Il y a les gens. Ceux d'ici. Les vendeurs les touristes. L'église avec le cahier posé sur un support de bois où chacun écrit sa prière. Il y en a une collée au mur de la chapelle, en plusieurs langues sur papier rose *Notre Père Onze Vader Padre Nuestro Our Father*. L'enfant a lu à mi-voix, écorchant les mots, là-bas le maître déjà assurait qu'on doit apprendre à lire mais personne ne sait comment dire *Notre Père qui êtes aux cieux* dans le parler du village alors Dieu-c'est-pas-mon-père, dit-il. Le cahier où on a le droit d'écrire tout ce qu'on veut est plein de fautes d'orthographe. Dieu s'en moque bien a dit la femme qui est maintenant comme la mère de Munkal elle a même pour le prouver des papiers du gouvernement (la République) on ne peut rien contre ça, des papiers avec un tas de tampons, de signatures.

Le soir, dans sa chambre aussi grande que la pièce aux murs gris au sol de terre battue où dormait toute la famille, Munkal ne se couche plus en

Sortilèges

gardant ses chaussures comme les premières fois. C'est qu'il avait peur qu'on les lui reprenne, elle avait beau en rire. Et puis Munkal a cédé, ses chevilles étaient meurtries. Faut les maintenir en état, les pieds, pour si un jour on se tire.

Munkal ne croit pas au bon Dieu des sœurs de l'orphelinat. Il croit à ce que lui a dit le sorcier avant que ces gens l'emmènent parce qu'un enfant sans famille sans tribu a besoin d'aide. Munkal tu reviendras, va grandir chez les Blancs. Ceux-là ne te veulent pas de mal. Mais, a dit le sorcier, souviens-toi de ton peuple. Munkal n'oublie pas. Tu oublieras, dit-elle, il a écouté la femme qui promettait qu'il oublierait, désormais elle serait sa mère. Et cet homme serait son père, le monsieur qui dirige l'entreprise des transports et riait en prétendant que l'adoption d'un bamboula surprendrait ses amis, ses clients, mais si c'était ce qu'elle désirait — Tout ça au début, avant leurs disputes, lorsque Munkal allait le dimanche en promenade entre eux deux qui ne le lâchaient pas, ce qu'on n'avait jamais vu là-bas au pays où on n'a jamais vu un enfant qui se promène puisqu'il doit passer son temps à courir après le bétail. Sans que personne lui donne la main.

Dans la nouvelle maison Munkal a des jouets et des habits. Il a plein de choses à manger. Il n'aime pas trop il ne dit rien, ici la bouillie de mil c'est rare. Parfois on va au restaurant. Quand monsieur le directeur des transports routiers (papa ?) abandonne un moment son travail et décide que sa femme (maman ?) ne fera pas la cuisine aujourd'hui. Au restaurant on rencontre des gens et papa leur dit en souriant, Voici mon épouse et mon fils.

Oui les gens s'étonnent et ça l'amuse. (Le monsieur des transports routiers.)

C'était avant. Lorsque les transports routiers laissaient un peu de temps à monsieur le directeur. À présent on ne le voit presque plus. Il est trop occupé. Ou bien il a une autre femme. Là-bas ça ne serait pas grave, les hommes en ont toujours plusieurs. Elle (maman ?) ne veut pas se faire une raison faudrait lui expliquer. Elle dit, Voilà une semaine qu'il n'est pas revenu. Et alors ? Là-bas aussi les maris s'en vont loin chercher l'emploi on ne les revoit pas avant des mois des années parce que les voyages ça coûte, l'avion les chemins de fer et les taxis de brousse. Elle exagère avec ses histoires et ses remèdes pour calmer les nerfs.

Hier à l'école après la sonnerie le maître a parlé à Munkal il a dit, Veille sur ta mère qui a des soucis. Tu es grand. Prends soin d'elle. Munkal n'a pas demandé comment l'empêcher de boire tout ce vin.

Au bar de l'Espérance les conducteurs des camions viennent boire eux aussi. Un bon coup avec le plat du jour, ils disent gare à l'alcootest.

Les yeux se tournent vers le comptoir et puis entre eux ils discutent, Qu'est-ce qu'elle fout là cette pétasse ? Se bourre la gueule. Le patron finira par la mettre à la porte, elle et son négrillon qui tripote le billard où c'est marqué que les clients sont responsables des dommages.

Munkal a cessé de jouer s'est rapproché d'elle et tout bas il a dit, Écoute pas, j'ai rien abîmé. On s'en fiche on ira à l'église on écrira sur le cahier ce qui ne va pas et on inventera des prières pour que ça change. La femme qui est comme sa mère a eu un faible sourire, a réclamé encore un verre.

À la maison un soir Munkal s'est décidé à questionner, Pourquoi le père est plus là ? Elle a dit, Tais-toi, elle a dit que ce que les gens racontent ça n'est pas pour les enfants, elle parlait, ce n'était qu'un murmure. Là-bas quand ça allait mal les mères palabraient à voix haute, même criant comme en colère pilant le mil et ainsi les enfants savaient. Ici il y a ce qui est pour les enfants (la grenadine les camions miniatures) et ce qui ne les regarde pas (les hommes partis à leurs affaires et leurs épouses qui se lamentent en gardant la maison).

Le monsieur aux camions de l'entreprise si on avait essayé de l'appeler « papa » plus souvent peut-être ça l'aurait fait rester. Toute une chapelle de l'église est tapissée de carrés en marbre blanc avec dessus un MERCI en lettres dorées. Munkal sait bien qu'on devrait dire merci lorsqu'on a échappé aux machettes, mais comment oublier les parents et les frères est-ce qu'on peut dire un vrai merci parce qu'on a été sauvé, est-ce qu'on peut vraiment dire merci à celle qui était venue là-bas avec son mari directeur des transports pour la raison que là-bas on avait besoin de transports (le mil les étoffes les pierres), cette dame qui vous a enlevé à la vie de là-bas, et les autres de la famille en sont morts une deuxième fois.

Ici à la rentrée des classes il y avait eu des rires, des doigts touchant la tête crépue, le maître a dit, C'est Munkal, un nouveau camarade. Les écoliers se sont habitués. Patrick, un gars tout rose et blond, a promis, Je t'inviterai pour mon anniversaire. Et Lisa, Tu viendras chez nous à Noël. Ici aussi les enfants aiment les fêtes. Mais la dame (maman) qui boit son vin en silence elle déteste qu'on chante elle déteste qu'on danse, elle dit, Tiens-toi tranquille. Elle écoute le bruit des camions et elle attend. Elle espère entendre un jour le gros camion qui s'arrêtera devant la porte ou bien elle espère autre chose qui finirait autrement, elle raconte d'une drôle de voix que son mari au volant du gros camion aura eu un accident.

Elle va boire au bar de l'Espérance. Elle boit un verre, un de plus, encore un. Puis elle dit qu'en fait ton père peut crever elle s'en balance. Munkal ne veut pas qu'on retrouve le camion de monsieur le directeur tout démoli dans un fossé et lui étendu raide les yeux encore ouverts. Comme frappé d'un coup de machette. Elle ne sait pas qu'elle pleurerait. Munkal la prend par la main pour rentrer à la maison. S'il rapporte samedi prochain un bon point ou une image elle sourira. Maman. Le camion rouge a plongé dans le trou. Le gros camion de monsieur le directeur des transports défonce le parapet du pont, bascule et après la chute disparaît au milieu du fleuve. Ça n'est pas dans le journal, seul un garçon de huit ans l'a vu en fermant les yeux. Serrant fort la main de maman et de l'autre main agrippant le sac qu'elle allait perdre il a repêché le camion pour éviter que ça tourne mal. Que le mauvais sort qu'on croyait écarté vous rattrape. Vous tombe dessus.

Le garçon s'est efforcé de ne penser à rien parce que le sorcier là-bas pourrait comprendre de travers et dire juste les mots qu'il faut pour que le malheur arrive. Là-bas on se méfie. On ne pense pas trop longtemps à ce qu'il est dangereux de penser. Des fois ça marche.

Que mettre ce matin

Où ? Dans la poêle ? Des œufs et du bacon.

Non. Sur le dos. Que me mettre. Quelles fringues. Ma petite robe noire passe-partout. Ou du prêt-à-porter très hard. Le décolleté jusqu'au nombril.

Peut-être qu'il aimerait.

Malgré mon nez luisant mes rides et mes épaules en portemanteau.

Un manteau. Ça dissimulerait mes formes. Un manteau sans forme. En daim garanti infroissable. De l'artificiel, bien sûr. Je ne veux pas porter du daim. Du vrai daim. De la peau de daim écorché. Ça me rappelle les peaux de lapin que ma grand-mère retournait comme un gant.

Des gants. On refait. Je ne dis pas gants de ménage ou gants pour jardiner, je parle des gants à enfiler autrefois dans les cérémonies et même dans la vie ordinaire pour avoir bon genre as-tu mis tes gants, perds pas tes gants tu vas salir tes gants.

Ça empêchait les filles pas jolies et nerveuses de se ronger les ongles. Ludiomil Nozinan Lisistral.

Déjà dans mon jeune âge j'avais un nez rouge une bouche trop large et des épaules en portemanteau. Un manteau vague ou en trapèze pour camoufler ma silhouette. Feuilletant les catalogues tendance, admirant éperdument la tunique agrafée ras du cou qui pourtant laisse à nu la poitrine, ne cache rien de ce qu'on ne veut pas cacher mais qu'on cherche à mettre en valeur. Si on en a. Des choses à ne pas cacher. Fourreau-velours, fendu sur les côtés. Châle de soie pendant jusqu'à la taille. La robe est d'une étoffe précieuse qui se donne des airs de toile de jute grossière. Je meurs d'envie d'essayer ces merveilles.

Qu'est-ce que je mets. Sur mon pain. Du beurre ou de la margarine. Aux huiles végétales. Une huile dégraissée ça existe ?

Qu'est-ce que je mets dans le lait de Jules ?

J'en ai assez de Jules. Fini le temps où je déclarais gaiement, Je vais voir mon Jules. Ça m'amusait, je proclamais que j'allais voir mon Jules et les copines trouvaient vulgaire que j'appelle mon amoureux un jules. Je n'y peux rien c'est son prénom. Il avait trente ans quand je l'ai rencontré, j'en avais presque vingt-cinq j'ai bien manqué coiffer Sainte-Catherine. Grâce à lui j'ai échappé au classement dans une catégorie de célibataires déjà

Que mettre ce matin

ringarde à l'époque. Ça tient toujours ? C'est tout faux, combien de filles non mariées de vingt-cinq ans sont des vierges sages ?

Hier soir à la télé il y avait un défilé de mannequins. Les filles évoluaient souples et glacées, sûres d'elles en apparence. Mais peut-être qu'elles ont peur. Claudie ma copine qui a travaillé dans la haute couture m'a dit qu'un mannequin ça tremble. De l'intérieur. Les couturiers les regardent comme des objets bons à jeter à la moindre défaillance. Ça doit pas défaillir un mannequin. Ça doit pas avoir un bouton sur le nez ou une mèche de cheveux qui s'égare. Pareil pour les mannequins hommes. Trop efflanqués, en plus.

Quand je l'ai connu, Jules, non c'était pas un mannequin mais presque un superman. De longues jambes musclées un torse magnifique ses cheveux noirs épais, l'œil vif la bouche vorace. D'abord lui et moi on a cru au bonheur. Puis ça a plutôt mal tourné. Elavil Deparon Zopiclone.

Il a perdu sa fraîcheur. Jules. Sa belle allure de mec solide. En vieillissant ses muscles devenaient ramollos. Il s'est voûté, rétréci. Moi on me disait que jamais j'avais été aussi épanouie. Et pourquoi tu t'épanouis t'as une raison ? qu'il demandait. J'appelais ça grossir. Mes formes que désormais il qualifiait d'abondantes j'appelais ça de l'embonpoint, il m'accusait de m'arrondir pour plaire à mon employeur, ce ripou qui me refusait un poste plus rémunérateur sous prétexte que ma nouvelle corpulence convenait bien à une hôtesse d'accueil. J'en avais marre d'accueillir. Témesta Laroxyl Valium. Même Jules, quand il venait en passant voir si j'étais au boulot ou si je n'avais pas mon patron entre les jambes. Jules, je lui offrais un sourire hypocrite, Vous désirez ? Il rageait, n'osait pas trop crier. Il marmonnait, Sale pimbêche.

Imidazopyridines. Après tout, lui Jules il a eu sa julie. Armance elle se nommait. Un prénom de mannequin. Mais pas vraiment le genre mannequin. Pas le genre froid l'air lointain et au-dedans le cœur qui bat comme celui d'une midinette le genre ça ne durera pas longtemps j'angoisse. Une fille convenablement établie dans la vie. Fonctionnaire. Habillée strict, en tailleur bien coupé, haro sur les soies fluides les voiles et les décolletés. Chemisier classique rendu un peu plus sexy par le playtex légèrement baleiné. Moi je prétendais ne rien savoir de leur vie amoureuse à elle et à mon jules. Je repassais les chemises de Jules, je lavais à la main ses pulls en shetland. Avec du woolite. Une larme tombait dans la mousse.

Cyclopyrrolones et Meprobamate.

J'aurais mieux aimé qu'il crève. C'est une façon de se consoler que de vouloir qu'un type arrête d'exister quand il existe pour une autre. Une

Que mettre ce matin

employée de la fonction publique. En tailleur (cintré, le comble).

Il me revenait fourbu après une nuit de ce qu'il disait être un travail urgent dans son agence de publicité. Cliente à contenter sans le moindre délai voilà ce qu'il me fournissait comme excuse, ça se lisait sur son visage qu'elle l'avait beaucoup fatigué. Comment imaginer cette femme organisée, impeccable, jouant à la vamp dans les bras d'un jules déjà pas mal usé. Un jules agent publicitaire. Métier hasardeux. Ça a duré ça dure encore. Elle n'est plus impec. C'est une petite bourge chiffonnée aux seins de silicone et le ventre aplati par la liposuccion. À les regarder vieillir, Jules et son Armance, je les trouve minables, il devrait me lâcher, aller vivre avec elle. Eh bien non. Il s'accroche.

Probable qu'elle s'y connaît mieux dans le soin des dossiers qu'en soins du ménage, ce qui lui a valu à cette garce de passer chef de bureau à la veille de sa retraite. Ça lui a monté à la tête. Je crois l'entendre donnant à Jules ses ordres (qu'elle appelle des conseils). Redresse-toi, fais un peu d'exercice soigne ton look. Jules ça l'énerve. Je vais l'aider. Il doit manger sainement. Boire des laitages, il se décalcifie. J'ai acheté du lait. Bio, bien sûr, on ne prend pas de précautions et voilà qu'on se découvre une horrible maladie. Creutzfeldt machin. Tout le monde en parle ça impressionne.

Bon. Il est insouciant, mon Jules. Il dit, On finira par mourir. De ci ou ça quelle importance.

Réfléchissons. Dans son lait je mets quoi ? Quelque chose qui. Un truc ne laissant pas de trace.

J'aime bien la pub sur la 2 (pas née dans le cerveau de Jules) le père qui demande au gamin, C'est quoi cette bouteille de lait ? Pour une fois j'ai apprécié.

Je perds le fil de ce que j'ai à faire. Préparer notre petit déjeuner. À lui, à moi. Jules qui me trompe mérite un mélange d'atropine, de belladone et d'arsenic. Ou du cyanure. Des barbituriques. Ces noms qui font tilt. Comme l'Ocratoxine A, que j'ai entendu citer sur France Info je ne sais plus à quel sujet (j'ai sans doute écorché le mot) mais pas en tant que remontant ni cocktail de vitamines.

Souvent je rêvasse aux moyens qu'une personne de l'un ou l'autre sexe qui en a assez de la vie conjugale peut employer avec profit. Ces faits divers des journaux me tournent dans la tête.

Y a aussi (plus convenables mais moins efficaces) les somnifères. Halcion Normison Rohypnol. Et les grains de Défirat qui traînent au fond des placards.

Ce sera pour demain. Un autre jour. Demain est un autre jour. Jules a préparé le café hier soir. Je n'ai plus qu'à brancher la cafetière. C'est gentil de sa part qu'est-ce qui lui a pris. Sa cheftaine a décidé qu'il est trop vieux ? Qu'il bande mou à présent (quand il bande) ? Le Viagra ça lui dit rien, question effets secondaires. Probable qu'elle lui répète qu'il a beaucoup changé. Elle ne s'est pas vue, elle. Avec moi il tente un rapprochement, moi il me connaît depuis si longtemps. Je suis devenue comme une sœur. De charité.

Non il n'est pas le seul à s'être abîmé. À présent elle a un dentier. Ça rend délicats les baisers profonds. Risque de décrochage. L'amant confus en a plein la bouche. Ne lui reste qu'à extraire entre le pouce et l'index l'appareil qui a causé l'outrage. Ou bien croquer. Et tout avaler.
À nos âges on est exposés à cette sorte d'aventure faut en prendre son parti. Jules va avoir soixante-cinq ans. J'en ai soixante. Une lassitude vous gagne.
Pour le café deux façons de me comporter : Je le bois/je le verse dans l'évier juste au cas où.
Je dis ça en manière de plaisanterie. Mais moi j'ai toujours sous la main une boîte marquée d'une croix sur fond rouge. C'est pour se débarrasser des nuisibles. Bromadiolone. Ça ferait sûrement l'affaire.
Quelle affaire ? L'affaire de qui de quoi ? J'enfonce le bouton de la cafetière électrique. Un instant encore et Jules descendra en bâillant, se

plaindra qu'il n'a pas dormi. Et comme toujours je proteste, T'as pourtant fait du bruit avec ton nez. Agacé il haussera les épaules. Sa boîte à lui gonflera la poche de sa robe de chambre. Des amphètes. Son élixir de jeunesse.

J'allume le gaz sous la casserole.

Hé, ça va déborder. J'arrête.

Pour moi ce sera du café noir.

Et Jules ? Qu'est-ce que je mets dans son lait.

Nesquick ou Banania ?

Pourquoi parler du paysage

Pourquoi tenter d'en parler quand les murs sont là qui m'en privent.

Comment pourrais-je en parler quand je ne vois que du béton. Et les portes métalliques. Avec leurs verrous.

Un an déjà.

Je ricane. Je m'engueule. En parler ? Personne ne te le demande.

Non personne. C'est moi qui.

Maman-deux, on va sur la colline ? Tu avais dit qu'on irait. Si on était sages. Quand Jean-Rémi Claire et Robin seraient revenus de chez leur maman-un.

Moi je n'ai pas de maman-un ça m'est égal. Je reste chez maman-deux même les dimanches et jours de fête. La maison est grande et toujours il y a le bruit des galopades, les disputes, les fous rires.

Nous irons demain après l'école, la nuit tombe

dit maman-deux, on a trop tardé, je n'ai pas envie de perdre un Petit Poucet dans les bois.

Le lendemain on se met en route aussitôt avalée la tartine du goûter, François Nadia Jean-Rémi Cathie Robin Claire et les autres. Je tiens Christina par la main. Elle est arrivée cet hiver chez maman-deux, je la protège. J'ai huit ans, je suis grand. Je ne la quitte pas. Maman-deux me dit qu'elle n'est pas la seule qui a besoin qu'on l'aime.

Christina elle m'appartient. D'abord elle a l'air satisfaite. Puis elle se plaint, secoue ma main, Tu serres trop. Je lui saisis le bras pour l'aider à grimper, elle proteste, Hé, pas si vite.

Au revers de la colline derrière la crête il y a le ravin. Attention. N'avancez plus.

Un mur n'est pas un paysage. Même si une lézarde ressemble à une rivière. Même quand du salpêtre le boursoufle en volcans. Maman-deux est devant la maison, campée sur le seuil de la porte, Les enfants où êtes-vous ? Dans le pré/sous l'érable/au creux de la meule/en bas du jardin potager/le long de la berge/au croisement des chemins/les pieds dans la mare. Une mare où grouillent les têtards. On les enferme dans une boîte en fer-blanc. Dans la boîte un reste de farine. J'y verse de l'eau qui s'épaissit ce sera plus nourrissant.

Je fais ça, moi. J'enferme.

Les têtards dans la boîte. Et dans un pot à confiture des libellules. Le pot est poisseux, les libellules s'y engluent les ailes.

J'enferme. Pourtant mon cœur bat fort, là-haut, devant le paysage. Qui veut dire espace. Et liberté.

C'est au bord du ruisseau que j'attrape j'emprisonne. Tortionnaire qui maltraite avec indifférence. Punit sans jugement. Est cruel en toute innocence, pas fait exprès. Jusqu'au jour où —

Des murs. Les grilles. Maman-deux au parloir. Elle dit, Mon pauvre petit.

Plus d'enfants à la maison. Elle dit, À mon âge ça devient difficile je ne saurais plus m'en occuper. Elle dit, C'était bien.

Elle m'a apporté des crêpes enveloppées dans du papier d'alu, À mardi gras quand tu étais gamin si je ne t'avais pas surveillé tu en aurais mangé à te rendre malade.

Les enfants où êtes-vous ? Dans la prairie/sous la haie/devant la grange/au poulailler. Bon, soyez raisonnables.

Les enfants ont grandi. Ils sont à leurs affaires. Pour la plupart raisonnables. L'un est bibliothécaire, un autre cuit le pain, un autre répare les voitures, une autre est infirmière, une autre enseigne le dessin.

Un autre – moi – est en prison. Ça se nomme la préventive.

Il y a Christina qui est morte.

Donc, a repris l'avocat vous allez vous rétracter, revenir sur ces aveux absurdes qu'on vous a arrachés, qui n'ont pas de valeur juridique. Vous direz. Écoutez.

Bruits de clés bouclant la porte. Les pas s'éloignent dans la cour. Tintement des seaux sur la pierre. Les enfants où êtes-vous ?

Une voix venant du grenier. Qui se veut rassurante, On est là.

Tous ?

Non. Juste nous. Chris et moi.

Que faites-vous ?

On joue. On va rien casser.

Chris et moi on ne casse rien. On joue à des jeux tranquilles, Toi tu serais, et moi je. Toi tu serais une jeune fille moi je serais ton amoureux.

On a découvert au grenier un vieux rideau, des bouts de dentelle. Tu t'en affubles. Je me penche à la lucarne pour cueillir une fleur du rosier qui monte jusqu'au toit, je la fixe dans ta barrette. Mademoiselle voulez-vous m'épouser ?

Où êtes-vous ?

On se tait. C'est un beau mariage. Dans l'église la musique des grandes orgues. Acceptez-vous —

Répondez, dit maman-deux.

On est là-haut, on est sages.

Descendez, c'est l'heure du dîner.

À trois dans la même cellule. Je suis arrivé le dernier. Les anciens se connaissent bien, ils discutent entre eux, me fichent la paix. Je m'efforce de prendre leur bagout pour la rumeur d'une place de village. Autour je bâtis des paysages.

Ils disent qu'ils sont des copains avec plein de souvenirs partagés mais quelquefois ils se chamaillent. La nuit le costaud grince des dents le minus a des cauchemars et hurle. Un jour le maton ordonne qu'ils rassemblent leurs frusques. Ils vont être transférés dans un quartier rénové. Ils me lancent un salut désinvolte, Ciao, pour nous maintenant c'est du quatre étoiles. Je crie, Bonne chance.

Je reste seul.
Avec Christina.

Je lui parle. Étendu sur mon lit je propose – comme ce jour-là (elle avait dix-huit ans) –, Tu veux, on va en balade ?

Elle et moi on s'est quittés lorsque j'ai eu quinze ans (elle en avait douze) et que je suis entré en pension au lycée. Longtemps, jusqu'à ses quinze ans (mes dix-huit ans), on ne se retrouvait qu'aux vacances.

Les enfants où êtes-vous ? Ces petits nouveaux chez maman-deux je ne m'en soucie pas et toi, Christina, quand je suis là tu les négliges pour être avec moi du matin au soir. Mais tu n'es plus très docile. Quand j'essaie de t'expliquer qu'il faut travailler en classe j'ai peine à te convaincre. Tu grandis, tu n'aimes pas l'école. L'inspecteur envoyé par la DDASS te demande ce que tu penses de la confection. Vous préféreriez la coiffure ? Tu dis, Eh bien – je ne sais pas. Il t'offre une place dans un lycée technique. Section hôtellerie, effectifs en baisse cette année, accès facile, il interroge, Ça vous convient ? Tu réponds oui dans un murmure. À moi tu dis que tu t'en moques.

Cet été plein de soleil quand je rentre chez maman-deux tu n'es pas là. Elle me dit que ton père est venu te chercher. Tu passeras le mois de juillet près de lui et de sa sœur.

Je ne me souvenais plus que tu avais un père. Et même une tante. Des cousins peut-être.

Je me sens mal. Je dors d'un sommeil agité, je n'ai pas faim. Pourtant je rassure maman-deux, Ce n'est rien, la fatigue. Je l'aide je bricole.

Parfois je grimpe sur la colline pour contempler le paysage.

Les enfants. Où êtes-vous ? En haut du pré redressant la barrière/au fond du hangar à vélos/à cheval sur la rampe de l'escalier des chambres. Dans ta chambre le lit où tu dormais a été attribué à une autre fille. Seulement jusqu'au mois d'août. Promis.

Tu ne viens pas au mois d'août.

Tu ne reviendras désormais que de temps en temps lorsque maman-deux enverra à ton père l'argent du voyage et juste pour quelques jours, ton père a besoin de toi pour tenir sa maison. Après la classe il t'oblige à faire au noir la plonge et les pluches dans les bistrots du coin. Ça dure jusqu'à tes dix-huit ans. Ton père se met en ménage avec une femme pas commode. Tu te rebelles, tu fuis je la bénis.

Alors. Soudain l'espoir. Je termine mes études. Quelques mois encore et j'aurai mes diplômes. J'essaierai les concours des administrations. J'en réussirai au moins un. On fêtera ça au restaurant. Christina n'aura pas à servir et desservir les tables. Son C.A.P. je m'en cogne. On se mariera.

On ira chez maman-deux pour les vacances. On aura des enfants. Ils joueront dans la prairie/sous l'érable/à l'orée du bois/au bord du ruisseau/remuant avec un bâton la boue de la mare aux têtards.

Je n'aurais pas dû enfermer les têtards. Le lendemain flottaient dans la boîte de minuscules cadavres à pattes de grenouille.

Je n'aurais pas dû. Avouer et signer. Maman-deux on ne fait pas de bêtises. On se raconte des histoires.

Je n'ai pas tué Christina.

Elle est là. Je suis allée la chercher à la gare. Elle était belle, je l'ai serrée dans mes bras.

C'est la vie qui recommence. Chris, j'ai quelque chose à te dire — est-ce que — Elle m'arrête, elle me sourit, Moi aussi j'ai à te parler.

Maman-deux a déclaré, Vos discussions ce sera pour plus tard. Quand vous aurez déjeuné. Il y a vos plats favoris. À table.

Je mange sans goûter ce que j'avale. Repas terminé, vaisselle rangée j'implore, Va défaire ta valise et puis nous irons là-haut.

Devant notre paysage je proposerai à Christina de passer sa vie avec moi.

Presque rien dans la valise. Je lui achèterai des fringues. Et d'abord une robe de mariée.

Nous montons la pente, je l'entraîne. Elle dit, Hé, pas si vite.

J'ai hâte d'atteindre la crête au-dessus du ravin dominant le vallonnement des pâtures. Nous grimpons, elle respire fort, elle se laisse tomber sur l'herbe, elle balance ses pieds dans le vide. Elle soupire, C'est bon d'être de retour. Même si je dois repartir bientôt.

Repartir. Pourquoi ? J'ai un job à présent et déjà un peu d'argent. Je ne supporterai plus que tu cavales d'une table à l'autre dans ton restau pourri, soumise aux ordres du patron, aux exigences des clients.

En riant elle a protesté, S'il te plaît ne dramatise pas. Elle reprend, après un silence, Vois-tu je suis venue pour te dire — Parmi les clients il y en a un, justement, qui a toujours été sympa. Je voulais t'annoncer la nouvelle. À toi seul, ce sera comme un cadeau.

Elle a dit, Je me marie. Mon ami a du travail, un appart. Je t'invite. Au mariage et puis après, quand tu auras besoin de compagnie. Mon ami est cool, je suis sûre que vous n'aurez aucun mal à vous entendre.

Elle était assise au bord du ravin, il suffisait d'un mouvement brusque et elle plongeait dans le gouffre. Mais elle avait l'habitude. On ne glisse pas sur l'herbe sèche. Si on glisse on se raccroche. Aux buissons. Qui n'ont pas d'épines. Je l'ai prise aux épaules, je l'ai secouée.

C'est l'autre qui m'a accusé. Le garçon cool et sympa. L'autre a déclaré qu'elle avait peur de moi, peur de m'apprendre qu'il était son amant, qu'elle et lui allaient vivre ensemble.

Elle m'a appris aussi qu'elle attendait un enfant. Elle a dit, J'ai trouvé tout naturel de te confier ça, à toi le premier.

J'avais un bras autour d'elle, je la retenais jambes pendantes au-dessus du vide, ses genoux étaient parfaits, j'en avais soigné souvent les égratignures. J'entendais ses paroles, des mots de petite fille au rire un peu tremblant, Doucement, tu serres, hé pas si fort pas trop —

Elle a roulé dans le ravin. Parfois je ne crois pas l'avoir poussée. Maman-deux, écoute, comment pourrais-je dire si j'ai fait exprès. C'est à toi de décider. Maman-deux, tu as toujours prétendu que ça se voit quand on ment.

À mains nues

Quelque part en France

Grattant un bouton sur son nez. Grattant. C'est une mouche. Les mouches ne piquent pas. Dans nos pays. Alors une araignée. Une guêpe ou une abeille. Pas de ruches dans la région. Tes mains sont sales, si tu t'écorches ça va s'infecter. Mets un peu de pommade aux antibiotiques. Gratte pas.

Grattant le carré d'argent, la pastille dorée d'un jeu de hasard parce que dessous il y a un numéro et s'il est gagnant on se paiera un chouette anorak, une chaîne hi-fi un scooter MBK une paire de sandales aux semelles hautes comme ça. Grattons aujourd'hui jour de chance. Sous le cercle d'or ou le patch argenté se cache la fortune. Aujourd'hui ou demain. Pour quelques pièces de monnaie, achetez, grattez.

Zacatecoluca

La boue est hérissée d'épaves – barreau de

chaise manche à balai casserole défoncée, fer déformé d'une pelle à feu, tête d'un bébé de chiffon – mêlées de débris noirâtres. Sous les bâtisses effondrées, des gens. La femme qui maniait le balai, celle qui tournait la cuiller à pot dans la casserole, l'homme qui soulevait la pelle, l'enfant qui berçait sa poupée.

Eux dehors grattant la terre de leurs ongles. À l'exception des angoissés qui ont d'abord rongé leurs ongles. Grattant – ceux-là – le sol durci du bout des doigts. Parfois s'écorchant sur une pierre y laissant de l'écarlate.

Zacatecoluca.

Ce pourrait être le nom d'une fillette aux longues tresses. Hier soir étendue dans son lit. Ayant oublié de dire ses prières. Et sans trouver le sommeil grattant le mur chaulé d'un geste machinal je me relève ou quoi ? Fatiguée, la petite. Qui aura manqué la classe pour aider à la récolte.

Qui devrait se glisser hors du lit pour s'agenouiller devant le crucifix accroché au mur à un clou rouillé. Ça durerait trente-deux secondes et Dieu serait satisfait. Elle n'a pas bougé. Elle s'est endormie sans dire son Pater Noster, son Ave Maria.

Dieu lui pardonnera.

Dieu n'a pas pardonné. Il a fait les comptes. Pour trente-deux secondes de prières manquées hier soir il l'a punie ce matin. En trente-deux secondes.

Quelque part en France
Grattant un nom sur une enveloppe. Envoyée par le proviseur. Mauvaise conduite, n'écoute pas les remarques de ses maîtres. Une lettre qui n'atteindra pas les destinataires. Gratter l'adresse. Déchirer en quatre en huit. Enfouir les morceaux dans autant de poubelles. Juste avant le tintamarre du camion des éboueurs.

On aimerait aussi gratter la guitare. On deviendrait riche et célèbre.

Les gens ici disent quel malheur, plus d'école à Bujh et non plus à Zacatecoluca. De quoi ils se mêlent. À quoi ça sert tout ce qu'ils veulent forcer les enfants à apprendre. Les enfants rêvent d'argent facile. D'embrouilles. De records à battre. En formule 1. Quand on sera grands, bien sûr.

Les grands écoutent à la radio les résultats de l'Open d'Australie. Puis ils grattent eux aussi, regardez. Les tags sur le mur, ou bien les graffitis et d'autres viendront à leur tour inscrire des slogans ou des injures. Les amoureux de la nature grattent le sable des plages souillées. Il y a les gentils rêveurs qui grattent leur chat entre les oreilles.

Bujh, État de Gujerat
Le gamin a trouvé un fichu déchiré. Le laver dès

que l'eau coulera. En effacer les plis, l'offrir, Vénérable Bouddha c'est pour toi, pour que tu m'aides à retrouver ma sœur dans les décombres. Le Bouddha ne pensait à rien. N'a pas même souri.

Zacatecoluca

Grattant – les grands – pour aplanir la piste et que les avions atterrissent apportant des secours. Apportant quoi ? Les avions déposeront sur l'asphalte des vivres pour les survivants. Mais les maisons, l'hôpital, la coopérative et les routes ?

Il y a dix mille morts. Ou cent mille.

Le garçon courbe le dos, penche la tête. Ces mains grattent et grattent encore. Espérant voir soudain jaillir hors de terre, rieuse, la petite fille aux longs cheveux qui a disparu en trente-deux secondes.

Se tournant vers le couchant vers les nuages roses le ciel enflammé, disant, Dieu qui peux tout accomplir, qui peux faire que ce qui est ne soit jamais arrivé je Te donne trente-deux secondes pour Te reprendre et réparer. Si Tu m'obéis je croirai en Toi.

Un deux trois quatre cinq il compte. À dix ça tient. À vingt le ronflement des jets. On recommence à espérer.

Trente. Le sol de nouveau se fend se renverse.

Buhj, État de Gujerat

Vingt mille morts ou deux cent mille. Tous ces corps, on ne sait plus.

Ils disent, les épargnés, C'est la recherche du profit. C'est la rançon qu'il faut payer pour avoir construit au hasard sans se soucier du danger. En pariant sur la chance. Puis ils se taisent.

On leur a distribué une bâche deux tapis de sol trois couvertures. On leur a dit, Ne grattez plus, les chiens vont flairer vont gratter à leur tour. On brûlera les cadavres.

Un réveille-matin a sonné. Qui n'a réveillé personne.

Quelque part en France

Grattant le bouton sur son nez avant de replonger le nez dans le bol de chocolat. C'est trop chaud, maman. Laisse refroidir, avale tes tartines. Je veux un autre croissant. Prends tes rollers et va jouer. Ton père n'aime pas qu'on le dérange lorsqu'il se repose devant la télé.

Maman tout à l'heure quand papa ira retrouver ses copains du dimanche on pourra regarder les dessins animés ? Y en a marre de la terre qui tremble. Les gens qui meurent c'est nul c'est toujours la même chose.

J'arrête pas de pleurer

C'est lui Dany qu'a déclaré qu'il en avait marre, qu'il changeait de copine. Parce que oui ça suffisait, y avait de quoi tomber raide dingue à m'écouter poser sans fin des questions ex-is-ten-tielles. (Est-ce que ça s'écrit comme ça ?)

Les questions avaient rapport aux maths et pas à l'existence. Ou plutôt c'était rapport à l'existence de cet homme Andrew Wiles qui lundi soir sur Arte a expliqué la solution du théorème de Fermat.

Après y a eu l'affaire de Dany déclarant au prof de quatrième (le nôtre, pas Andrew Wiles prof à Princeton dans le New Jersey) qu'il est (lui, le prof du collège) un sale pédé, rien d'autre.

C'est pas qu'on savait quelque chose sur ses penchants et ses goûts mais son air de nous mépriser ça passait mal et puisqu'il avait traité Dany de petit con c'était seulement un renvoi de ballon. Petit con/sale pédé. Match nul. On arrête. Mais le prof s'est obstiné. Y en a qu'ont l'autorité qui les prend grave. Lui il a le droit de nous engueuler et nous on peut pas répondre sans être tout de suite menacés du conseil de discipline.

Un mec faiblard comparé à celui-là qui a entrepris des recherches sur x y et z puissance n, le truc mortel. C'est quand il a eu dix ans que le petit Andrew a décidé de s'y coller. Après s'être payé tout de même un peu d'enfance. Si je demande, Est-ce que ça donne un sens à la vie ces calculs, Dan réplique que ça doit seulement compliquer l'existence (avec un c alors je vois pas pourquoi y a un deuxième t à existentielles).

Ben oui c'était juste avant cette histoire de sale pédé qu'allait mal finir. À cause du prof de maths, un taré. Andrew Wiles, lui, a une tête sympa. À la télé. Dommage qu'on l'ait pas eu comme prof. Ça aurait dispensé Dany de compter ses potes. Combien de copains fidèles prêts à refiler un coup de main. Combien de gars et de filles seraient d'accord pour faire la grève. Des maths. J'ai toujours A ou B aux contrôles mais en entendant ce que Dany a marmonné – qu'il pourrait bien me larguer – j'ai pas voulu courir le risque. J'ai dit, Moi.

Corinne Trouillu elle a dit aussi, Moi. Et puis Abou Mahel et puis Vincent et Gaspard et Clémence et Grégoire et Jean-Denis. Bon, à peu près toute la classe. Jusqu'à Renaud Plinel (qu'est

J'arrête pas de pleurer

fils de brigadier). Et Alexandre Précevent (qu'a jamais rien pigé aux maths).

Autrefois en primaire y avait des instits super. Des dames qu'on appelait maîtresses ou bien par leur prénom. Façon de parler mais ça réchauffait le cœur. Déjà Dany et moi on était ensemble et je pensais qu'on s'aimait pour la vie. Même si parfois à la cantine il draguait la môme Trouillu (Paula) – qu'était du genre anorexique – pour qu'elle lui refile son dessert. Corinne Trouillu, sœur de Paula, elle mange ce qui remplit son assiette mais question grève elle a dit oui.

Le primaire c'était un peu comme en famille. Au collège tout a changé. Y a le racket à la sortie et les profs voient rien parce que c'est dehors ça les concerne plus. Ils vont pas se casser à chercher qui est le vilain et qui la victime. Sûr que si le racketteur en chef porte la casquette toute neuve que le tonton de Dany lui a ramenée du club de foot c'est que le gars l'a prise par la force. Dany ça le met en rage. Alors il a plus de tendresse. Pour personne.

J'ai dit à Dany que les profs de maths sont pas tous nullissimes. J'ai dit, Andrew Wiles par exemple — Il a crié, Fous-moi la paix avec ce gol, t'en es amoureuse ou quoi, les profs de maths sont des merdes. Dany, quand la fureur le saisit y a plus de pilote dans l'avion faut passer en automatique, ça sort tout seul les injures, Sale pédé, il a dit. Après c'est le temps des excuses. Mais le prof ça lui suffit pas. Il prétend qu'y a diffamation. Il gueule qu'il va appeler la police. Il fouille dans sa poche et en sort son portable qu'est minus, la dernière des merveilles SFR ou Bouygues. Lorsque la direction rapplique et s'informe le prof annonce, Insultes aggravées. Dany tourne barjot il lance son sac dans la vitre.

Je vais pas tout raconter. C'est triste. Le prof est rouge écrevisse j'arrête pas de pleurer.

Les keufs sont venus. Pas pour le Sale pédé mais pour le verre cassé. Et pour le sang. La gaffe que y ait eu du sang. Juste la faute à ce type qu'est resté planté où fallait pas quand Dany a ramassé le morceau de verre sous la fenêtre et l'a lancé. Le crétin se tenait pile sur la trajectoire alors il a été touché me parlez pas des profs de maths et de leur manque de sens pratique. Même ce fortiche qu'a fini par trouver la solution du théorème de Fermat, quand il a eu ses diplômes s'il avait voulu travailler comme tout le monde avec un métier comme tout le monde il aurait pu s'offrir des loisirs au soleil sur une île (déserte ou pleine de filles), se payer un super Game Boy ou des cassettes vidéo. Ben non il était obsédé par ce mystère $x^n + y^n = z^n$ qu'a pas de solution quand n est un nombre entier supérieur à 2 à ce qu'on dit. Les nombres supérieurs à 2 c'est pas ce qui manque.

J'arrête pas de pleurer

Ça l'a occupé sept ans et les collègues ils disaient, Hep, si on allait en balade ou bien, Allô, où t'en es ? Rappelle-moi quand t'auras trouvé. Avant de raccrocher le bigo qu'était pas numérique à l'époque. Disons que c'est comme ça que j'imagine la chose je peux me tromper.

Encore une chance que les keufs y en a un qu'a pas l'air trop, c'est le père à Renaud Plinel. Je croyais que la cour de l'école leur était interdite, qu'ils avaient pas le droit de franchir la grille. S'en foutent, sont des fachos (à part le daddy à Plinel un brigadier plutôt humain). Dany ils l'ont emmené, l'ont poussé dans le fourgon. Je sais pas ce qu'ils cogitent. Renaud dit que son père est réglo mais c'est le devoir avant tout. Non il cognera pas, s'agit que de garde à vue. Dany va manquer ses contrôles pour le passage en troisième.

Pendant les cours je continue à chialer, je gribouille *Dan Dany Daniel* sur mon cahier au chapitre des exercices *développements et factorisations*. Quand je devrais chercher un facteur commun à tous les termes de la somme. Le Wiles (Andrew) à notre âge avait déjà factorisé développé réduit sans se tracasser au sujet des copains ou bien il l'aurait jamais démontré son théorème, affaire de concentration. Mais lui il flashait pas pour un Dany. Ben voyons, sont du même sexe. Quoique.

Aïe je la boucle, là où j'habite y a que des ringues qui supportent mal les homos.

J'ai fait un drôle de rêve. Andrew Wiles venait me rendre visite. Il m'a dit que Dany serait peut-être un jour un grand mathématicien. L'hallu giga. C'est vrai que l'année dernière Dan était toujours le meilleur dans les tests. Cette année souvent il sèche because le prof est naze, le conseiller d'éducation a déclaré – y en a d'autres qui l'ont entendu – qu'un prof de sa sorte c'était pas un cadeau. Alors quand on a la haine c'est normal de dire sale pédé à un mec qui vous a traité de petit con, ça reste des mots ordinaires. Même si moi j'aurais pas osé.

Je vais plus au cours de maths je suis toute seule en grève. Je rentre à la maison. Je pense à Dany qui dort sur une paillasse grouillant de poux et de blattes à moins qu'il passe la nuit à répondre aux interrogatoires. Peut-être que je le reverrai plus. Ou seulement au parloir des mineurs qui délinquent. Ma mère m'a laissé son message habituel parce qu'elle est encore au boulot. Un mot qu'elle coince sur la porte du frigo avec le magnet Pokémon que je lui ai offert à Noël. Aujourd'hui faut que je prépare des oignons pour la soupe. Elle me dit de les éplucher en les tenant enfoncés dans une cuvette pleine d'eau. C'est la meilleure façon d'éviter les larmes.

J'arrête pas de pleurer.

Un temps pour vivre..	7
Allah est grand..	13
Vous auriez dû changer à Dol	27
Zan	35
Anniversaire..	41
Une place pour chaque chose...........................	49
Coup de fusil..	57
Ça va passer	65
Faire suivre...	73
J'ai vu ça dans Ouest-France	81
Cette eau du bassin qu'on gaspille.................	89
La Meisje	99
Retrouvailles	105
Aller simple..	113
La femme du tueur..	121
Sortilèges	123
Que mettre ce matin..	131
Pourquoi parler du paysage..............................	139
À mains nues..	149
J'arrête pas de pleurer	155

Ce recueil a bénéficié du soutien du Centre national des lettres et de la F.O.L. des Côtes-d'Armor (résidence d'auteur à l'occasion du festival « Paroles d'hiver », Dinan, 1999).

La nouvelle *Anniversaire* a été commandée par la bibliothèque de Beauvais qui la publiera en septembre 2001 avec le concours de la DRAC de Picardie.

Impression réalisée sur CAMERON par

BUSSIÈRE CAMEDAN IMPRIMERIES

GROUPE CPI

*à Saint-Amand-Montrond (Cher)
pour le compte des Éditions Julliard
en septembre 2001*

La photocomposition de cet ouvrage
a été réalisée par GRAPHIC HAINAUT
59163 Condé-sur-l'Escaut

N° d'édition : 42053/01. — N° d'impression : 014126/1.
Dépôt légal : octobre 2001.

Imprimé en France